Espiral/Fundamentos

THE ROLLING STONES
Canciones

Selección y Traducción: Alberto Manzano
(Con mi más sincero agradecimiento a
Vera Whittall y Enrique Arenas)

Editorial Fundamentos está orgullosa de contribuir con más del 0,7% de sus ingresos a paliar el desequilibrio frente a los Países en Vías de Desarrollo y a fomentar el respeto a los Derechos Humanos a través de diversas ONGs.

Este libro ha sido impreso en papel ecológico en cuya elaboración no se ha utilizado cloro gas.

SERIE CANCIONES

Primera edición, 1984
Quinta edición, 2000

ISBN: 84-245-0398-8
Depósito Legal: M-8.902-2000

Impreso en España. Printed in Spain
Impreso por Printing Book, S. L.

Portada: *Richard and Jagger* por David Willardson, 1975
Diseño gráfico: Cristina Vizcaino

"YO NO DEJARIA A MI HIJA SALIR CON ELLOS"

Corren tiempos divertidos, como lo fueron las décadas que nos preceden en intervalos de veinte años; los años ochenta son como los años veinte, los sesenta indicaron el fin de la falsa ilusión por el progreso que los cuarenta trataron de sobreponer a la vergüenza. Y así, en los intervalos vacíos, nos encontramos décadas más cínicas y frías. En fin, después de todo, vamos a hablar de los Rolling Stones y, en realidad, sólo desde el modesto prólogo que (como yo acostumbro a hacer) casi nadie lee.

También corren tiempos difíciles, aunque ésos suelen ser los más divertidos. Y todos habréis notado lo poco que se piensa en el futuro cuando se disfruta del presente (y viceversa). Estoy seguro de que eso pensaron los individuos de los que estoy hablando cuando comenzaron sus andanzas musicales en los "revolucionarios" años sesenta, y, aunque nunca he dudado de que Jagger, Richard & cía., lo único que desearon fue tener sus chalets en la Riviera, coches muy grandes y cocaína para hacer estallar el cerebro, tan sólo el momento era importante y por eso lo consiguieron y creo que, con una elegancia fuera de dudas, lo han mantenido y revalorizado hasta nuestros días, mandando a paseo la teoría de que para ser coherentes debían haber muerto a los treinta años; incluso creo que si preguntaras a cualquiera de ellos sobre el asunto te dirían "que se mueran los otros si quieren, yo me voy a hacer una línea".

Así, pienso que su filosofía es muy simple y que no ha cambiado y que han utilizado Rythm'n blues para saltar y bailar y divertirse. El único que anduvo preocupado con el asunto fue Brian Jones (del cual no tenemos datos recientes).

Los Rolling Stones son un grupo para los tiempos difíciles y divertidos. La música de baile siempre ha servido para eso (afortunadamente). Se han adelantado a los tiempos actuales, cuando las letras de sus canciones eran tan simples.

No sólo la mayoría de los adolescentes permanece insatisfecha... yo mismo sigo estándolo día sí, día no. Nada ha cambiado para que los Rolling Stones dejen de ser imprescindibles y sí han cambiado muchas cosas para que la elegancia de los Beatles resultara ñoñería y la grosería de los Stones acabará por resultar elegante.

Creo recordar que el rock era algo dual como todas las cosas (¿lo sigue siendo?): Podías ser un rocker (pringado) o podías ser una rock-star. De nada servía al jovencito clase baja soñar con llegar a ser un Rolling Stone si no iba incluido en el lote lo más importante: dinero, poder, drogas, chicas y todo lo que no tenía a su alcance; entre otras cosas liberarse de sus padres por el camino de la fama y no por el de "The End" de Jim Morrison. Para las chicas era peor; podías ser una fan o una groupie, con lo que te librabas de los viejos para caer en manos de los modernos guerreros con guitarra. Y ahí no cambia la historia porque, mientras los nobles de segunda se hacían las cruzadas por el placer de la guerra y el suculento botín, o, lo peor, por la fanática visión de su propia religión, al margen del verdadero tejemaneje de las cruzadas, en el rock se luchaba y protestaba por el puro placer o necesidad de hacerlo pero no para cambiar el mundo, sino en todo caso, para hacerse con un buen "carro", una docena de chicas, todo el alcohol que te viniera en gana y una casa en la Riviera francesa. Y, claro, de éstos, pocos lo consiguieron, pasando los demás a ocupar sus puestos en el futuro, frente a la televisión, fumándose una pantufla y calzando sus mejores "joints" pagados con el trabajo diario; o yéndose a Katmandú, que también los hay. Así que es de agradecer a Jagger & cía. lo poco pedantes que han sido siempre en sus declaraciones, aliviándonos de los desvaríos sociológico-místicos de Pete Townsend, por ejemplo (y no es el único).

Esta me parece la única forma seria de hablar de ellos. ¿Qué es todo ese poder del rock? Si bien el marketing ha venido siendo cada vez más importante en el asunto, podríamos decir que los Rolling Stones se inventaron el marketing. Es muy interesante profundizar en este concepto: los grupos que, como los Stones partieron del Rythm'n blues en aquellos momentos, han sobrevivido en su mayoría, si bien no como asociaciones estables, sí como objetos de culto o como músicos en distintos trabajos. Todos ellos tuvieron cosas en común, como amar la música negra, como buscar el éxito, como la provocación en su aspecto exterior (e interior, a veces). Unos caminaron por el blues blanco, otros se inventaron el pop, otros se dedicaron a la música bailable y fuerte, otros descubrieron el hard-rock.

Conclusiones: 1. Todos buscaban la fama. 2. Divertirse lo máximo posible. 3. Hacerlo lo antes posible, y 4. Escuchaban música negra (todas estas conclusiones pueden ordenarse a tu gusto). Los grupos que ahora escuchan a éstos y les imitan, están en otro grado de la escala y ni arriesgan en el juego ni aspiran a lo más grande.

Otra cosa más: antes hablaba de la provocación exterior e interior. Es fácil comprobar que casi todos los que además de la tal provocación exterior, eran diferentes interiormente de lo que se entiende por ciudadano medio europeo, ahora están muertos. Moraleja: nadar y guardar la ropa es una buena fórmula para permanecer. La segunda condición es hacer lo que tienes que hacer en el momento oportuno. No podrían surgir unos Stones ahora ni un grupo de los que ahora aparecen podría haberlo hecho entonces. A eso se le llama circunstancias históricas; ni los sucesos de Altamont podrían tener ninguna relación con el muchacho muerto en tal festival de Police, ni —seguro— éstos se han divertido tanto como los Stones vienen divirtiéndose. Si se ven durante el año, aparte de las giras, y si eso es importante o no, me parece supérfluo tratarlo. Creo que los Rolling Stones son un grupo *vivo* con sólo oír cada disco suyo, del primero al último. Me caen bien con sólo leer sus entrevistas difíciles y esporádicas; no son pedantes, no son revolucionarios, no hacen films de contenido, no patrocinan publicidad de calcetines de lana, gustan a cada nueva generación que se separa del biberón materno, su música se vuelve cada vez más escueta y bella con lo que se acercan al jazz demostrando ser unos bluesmen. En el fondo eso han sido siempre... y saben hacer canciones.

Son los rolin estones, los reyes de los miyones, decía un chascarrillo. Y que ustedes lo disfruten, lo descubran o simplemente lo aborrezcan bien.

Adolfo Marín

THE ROLLING STONES 1 (1964)
Las piedras rodantes 1

ROUTE 66 (Troup)
Carretera 66
I JUST WANT TO MAKE LOVE TO YOU (Dixon)
Sólo quiero hacer el amor contigo
I'M A KINGBEE (More)
Soy un rey abeja
CAROL (Berry)
Carol
TELL ME (Jagger-Richard)
Dime
CAN I GET A WITNESS? (Holland-Dozier-Holland)
¿Puedo conseguir un testigo?

ROUTE 66

Well if you ever plan to motor West
Just take my way, that's the highway, that's the best
So get your kicks on route 66

Well it winds from Chicago to L.A.
More than 2000 miles all the way
Ah get your kicks on route 66

Well it goes through St. Louis down to Missouri
Oklahoma City looks oh so pretty
You'll see Amarillo and Gallup, to Mexico
Flagstaff, Arizona, don't forget Pamona
Big surf bust out San Bernardino
Would you get hip to this kinda tip
Yeah, and go take that California trip
Get your kicks on route 66.

I JUST WANT TO MAKE LOVE TO YOU

I don't want you be no slave
I don't want you work all day
I don't wan 'cause I'm sad and blue
I just wanna make love to you, baby
Love to you, baby, love to you, baby
Love to you

CARRETERA 66

Bueno, si planeas ir en coche al Oeste
Sigue mi camino, la autopista, es lo mejor
Te lo puedes montar bien en la Carretera 66

Serpentea desde Chicago hasta Los Angeles
Más de dos mil millas en total
Ah, te lo puedes montar bien en la Carretera 66

Va por San Luis abajo hasta Missouri
La ciudad de Oklahoma oh es tan bonita
Verás Amarillo y Gallup, hasta México
Flagstaff, Arizona, no olvides Pamona
Grandes olas rompen en San Bernardino
¿Quiéres pasártelo en grande en este extremo del mundo? (1)
Sí, coge ese "viaje" de California (2)
Te lo puedes montar bien en la Carretera 66.

SOLO QUIERO HACER EL AMOR CONTIGO

No quiero que seas una esclava
No quiero que trabajes todo el día
No lo quiero porque estoy triste y deprimido
Sólo quiero hacer el amor contigo, nena
Amarte, nena, amarte, nena
Amarte

(1) "Tip" traducido aquí como "extremo" puede significar también "propina" o "vertedero" (¿Quieres pasártelo bien en esta especie de regalo/vertedero?).
(2) "Trip": cuando el viaje es un "trip".

I don't want you cook my bread
I don't want you make my bed
I don't want your money too
I just wanna make love to you, baby
Love to you, baby, love to you, baby

I can tell by the way that you sit and walk
See by the way that you baby talk
Know by the way that you treat your man
I could love you, baby, till I cry in shame

I don't want you wash my clothes
I don't want you be from home
I don't want 'cause I'm sad and blue
I just wanna make love to you, baby
Love to you, baby, love to you, baby
Love to you.

I'M A KINGBEE

Well I'm a kingbee
Buzzing' around your hive
Well I'm a kingbee, babe
Buzzin' around your hive
Yeah I can make honey, baby
Let me come inside

Well I'm a kingbee
Want you to be my queen
Well I'm a kingbee, babe
Want you to be my queen
Together we can make honey
The world has never seen

Well buzz a while
Sting it baby

No quiero que me hagas la comida
No quiero que me hagas la cama
Tampoco quiero tu dinero
Sólo quiero hacer el amor contigo, nena
Amarte, nena, amarte, nena

Puedo ver por la manera en que te sientas y caminas
Puedo ver por la manera en que hablas, nena
Puedo saber por la manera en que cuidas a tu hombre
Que podría amarte, nena, hasta llorar de vergüenza

No quiero que me laves la ropa
No quiero que te marches de casa
No lo quiero porque estoy triste y deprimido
Sólo quiero hacer el amor contigo, nena
Amarte, nena, amarte, nena
Amarte.

SOY UN REY ABEJA

Soy un rey abeja
Zumbando alrededor de tu colmena
Soy un rey abeja, nena
Zumbando alrededor de tu colmena
Sí, puedo hacer miel, nena
Déjame entrar dentro

Soy un rey abeja
¿Quieres ser mi reina?
Soy un rey abeja, nena
¿Quieres ser mi reina?
Juntos podemos hacer una miel
Que el mundo nunca ha visto

Zumba un poco
Pícale, nena

Well I'm a kingbee
Can buzz all night long
Well I'm a kingbee
Can buzz all night long
Yeah I can buzz better, baby
When your man has gone.

CAROL

Oh Carol don't let him steal your heart away
I'm gonna learn to dance if it takes me all night and day

Come into my machine so we can cruise on out
I know a swinging little joint where we can jump and shout

It's not too far back on the highway, not too long a ride
You park your car in the open, you can walk inside

A little cutie takes your hat and you can thank her ma'm
'cause every time you make the scene you find the joint is
                                                                    jammed

Oh Carol don't let him steal your heart away
I'm gonna learn to dance if it takes me all night and day

Well if you wanna hear some music like the boys are playin'
Hold tight, tap your foot, don't let it carry you away

Don't let the heat overcome you when they play so loud
Why the music will treat you when they get a crowd

Well you can dance, I know you would, you could
I got my eyes on you, baby, 'cause you dance so good

Oh Carol don't let him steal your heart away
I'm gonna learn to dance if it takes me all night and day.

Soy un rey abeja
Puedo zumbar toda la noche
Soy un rey abeja
Puedo zumbar toda la noche
Sí, puedo zumbar mejor, nena
Cuando tu marido se ha ido.

CAROL

Oh Carol, no dejes que te robe el corazón
Voy a aprender a bailar aunque me lleve noche y día

Entra en mi coche y vamos a dar una vuelta
Conozco un alegre tugurio donde se puede saltar y gritar

No está muy lejos de la carretera, no es un viaje largo
Aparcas el coche fuera, y te metes dentro

Una monada coge tu sombrero y le das las gracias
Porque cada vez que te metes en el meollo ves que no cabe
un alma

Oh Carol, no dejes que te robe el corazón
Voy a aprender a bailar aunque me lleve noche y día

Bueno, si quieres oír la música que tocan los chicos
Agárrate fuerte, dale al pie, no dejes que te extasie

No dejes que el calor pueda contigo cuando toquen fuerte
Porque la música te salvará cuando haya mogollón

Puedes bailar, sé que lo harás, tú puedes
Tengo mis ojos encima tuyo, nena, bailas tan bien

Oh Carol, no dejes que te robe el corazón
Voy a aprender a bailar aunque me lleve noche y día.

TELL ME

I want you back again
I want your love again
I know you find it hard
To reason with me
But this time it's different
Darling, you'll see

You gotta tell me you're comin' back to me
You gotta tell me you're comin' back to me
You gotta tell me you're comin' back to me
You gotta tell me you're comin' back to me

You said we're through before
You walked out on me before
I tried to tell you
But you didn't want to know
This time you're different
And determined to go

You gotta tell me you're comin' back to me
You gotta tell me you're comin' back to me
You gotta tell me you're comin' back to me
You gotta tell me you're comin' back to me

I wait as the days go by
I long for the nights to go by
I hear the knock on my door
That never comes
I hear the telephone
That hasn't rung

You gotta tell me you're comin' back to me
You gotta tell me you're comin' back to me
You gotta tell me you're comin' back to me
You gotta tell me you're comin' back to me.

DIME

Quiero que vuelvas otra vez
Quiero tu amor otra vez
Sé que encuentras difícil
Razonar conmigo
Pero esta vez es distinto
Cariño, ya verás

Tienes que decirme que vas a volver conmigo
Tienes que decirme que vas a volver conmigo
Tienes que decirme que vas a volver conmigo
Tienes que decirme que vas a volver conmigo

Dijiste que habíamos terminado antes
Te alejaste de mí antes
Yo intenté explicártelo
Pero tú no quisiste oírme
Ahora has cambiado
Y estás decidida a irte

Tienes que decirme que vas a volver conmigo
Tienes que decirme que vas a volver conmigo
Tienes que decirme que vas a volver conmigo
Tienes que decirme que vas a volver conmigo

Espero mientras pasan los días
Anhelo que pasen las noches
Oigo la llamada a mi puerta
Que nunca llega
Oigo el teléfono
Que no ha sonado

Tienes que decirme que vas a volver conmigo
Tienes que decirme que vas a volver conmigo
Tienes que decirme que vas a volver conmigo
Tienes que decirme que vas a volver conmigo

CAN I GET A WITNESS

Ah listen everybody
Specially you girls
Is it right to be left alone
When the one you love is never home

I love too hard
My friends sometimes say
But I believe I believe
That a woman should be loved that way

But it hurts me so inside
To see you treat me so unkind
Somebody somewhere
Tell her it ain't fair

Can I get a witness
I want a witness
I want a witness
Somebody

Is it right to be treated so bad
When you give her everything you had
Keep on talkin' in my sleep
'cause I haven't seen my baby all week

Now you kids you all agree
Is that the way it's supposed to be
Let me hear you
Let me hear you say yeah yeah

Up early in the morning
With her on my mind
Took to find it out
All night I been cryin'

¿PUEDO CONSEGUIR UN TESTIGO?

Ah escuchad todos
Especialmente vosotras chicas
¿Está bien ser abandonado
Cuando la persona que amas nunca está en casa?

Amo demasiado
Me dicen a veces los amigos
Pero yo creo, yo creo
Que una mujer debe ser amada así

Pero me duele tanto dentro
Ver que me tratas tan cruelmente
Alguien en algún lugar
Que le diga que no es justo

¿Puedo conseguir un testigo?
Quiero un testigo
Quiero un testigo
Alguien

¿Está bien ser tratado tan mal
Cuando le das todo lo que tienes?
Hablo en sueños
Porque hace una semana que no veo a mi nena

Ahora muchachos espero que estéis de acuerdo
¿Es así como debe ser?
Dejad que os oiga
Dejad que os oiga decir sí, sí, sí

Me levanté esta mañana
Pensando en ella
Entonces descubrí
Que me había pasado la noche llorando

But I believe a woman's
A man's best friend
I'm gonna stick by her
Till the very end

Well she causes so much misery
How's a gal supposed to be
Somebody somewhere
Tell her it ain't fair

I want a witness
I want a witness
I want a vitness

Everybody knows
Specially you girls
That a love can be sad
But my beloved's twice as bad

Now you kids do all agree
That ain't the way it's supposed to be
Let me hear you
Let me hear you say yeah yeah yeah

I want a witness
I want a witness
I want a witness
Somebody.

Pero yo creo que una mujer
Es el mejor amigo del hombre
Voy a pegarme a ella
Hasta el fin

Ella me hace tan desgraciado
¿Cómo tiene que ser una chica?
Alguien en algún lugar
Que le diga que no es justo

Quiero un testigo
Quiero un testigo
Quiero un testigo

Todo el mundo sabe
Especialmente vosotras chicas
Que un amor puede ser triste
Pero ella es dos veces malvada

Ahora chicos espero que estéis de acuerdo
Que no es así como debe ser
Dejad que os oiga
Dejad que os oiga decir sí, sí, sí

Quiero un testigo
Quiero un testigo
Quiero un testigo
Alguien.

THE ROLLING STONES 2 (1964)
Las piedras rodantes 2

EVERYBODY NEEDS SOMEBODY TO LOVE
(Burke-Russell-Wexler)
Todo el mundo necesita amar a alguien
TIME IS ON MY SIDE (Meade-Norman)
El tiempo está de mi parte
WHAT A SHAME (Jagger-Richard)
Qué vergüenza
DOWN THE ROAD A PIECE (Raye)
En la carretera un poco más abajo
I CAN'T BE SATISFIED (Waters)
No puedo sentirme satisfecho
OFF THE HOOK (Jagger-Richard)
Descolgado

EVERYBODY NEEDS SOMEBODY TO LOVE

I'm so glad to be here tonight
And I'm so glad to be home
And I believe I've got a message
For every woman and every man here tonight
Who ever needed somebody to love
Someone to stay with all the time
When they're up
And when they're down
You know sometimes you get what you want
And then you're gonna lose what you had
And I believe every woman and every man here tonight
Listen to my song
To save the whole world
Listen to me

Everybody wants somebody
Everybody wants somebody to love
Someone to love
Someone to kiss
Sometimes to miss her
Someone to squeeze
Someone to please
I need you you you
I need you you you
I need you you you

Oh sometimes I feel like
I feel a little sad inside
My baby mistreats me
And I kinda get a little little mad
I need you you you
To see me through
When the sun go down
And there ain't nobody else around

TODO EL MUNDO NECESITA AMAR A ALGUIEN

Estoy muy contento de estar aquí esta noche
Y estoy muy contento de estar en casa
Y creo que tengo un mensaje
Para todas las mujeres y todos los nombres que están aquí
esta noche

Que siempre han necesitado amar a alguien
Alguien con quien estar siempre
Para lo bueno
Y para lo malo
¿Sabes? a veces consigues lo que quieres
Pero entonces has de perder lo que tienes
Y creo que todas las mujeres y todos los hombres aquí esta
noche

Escuchan mi canción
Para salvar al mundo
Escuchadme

Todo el mundo quiere a alguien
Todo el mundo quiere amar a alguien
Alguien a quien amar
Alguien a quien besar
A veces para añorarla
Alguien a quien estrujar
Alguien a quien complacer
Yo te necesito a ti, a ti, a ti
Yo te necesito a ti, a ti, a ti
Yo te necesito a ti, a ti, a ti

Oh a veces tengo ganas...
Me siento un poco triste dentro
Mi chica me maltrata
Y me vuelve un poco, un poco loco
Te necesito a ti, a ti, a ti
Para ayudarme a salir de esto
Cuando el sol se pone
Y no tengo a nadie cerca

That's when I need you, baby
That's when I say I love you
That's when I say I love you
Let me hear you say yeah
Let me hear you say yeah
Let me hear you say yeah
Let me hear you say yeah
I need you, I need you
Sometimes I need you, baby
I need you, I need you, I need you
When the sun go down
And there ain't nobody else around
That's when I'm all by myself
That's when I need your lovin' darlin'
That's when I need you so bad
That's when I need you so bad
I need you
To see me throught, baby
In the morning time too
And when the sun go down
And there ain't nobody else around
I need your lovin' so bad
And everybody needs somebody to love
I'm not afraid to be by myself
But I just need somebody to love
All the time, all the time
All the time, all the time
I said all the time, baby
I need you
I need your lovin' so bad
Let me hear you say yeah
Let me hear you say yeah
Let me hear you say yeah
Let me hear you say yeah
I need your lovin' so bad
I need you
I need your lovin', baby
I need your lovin', darling
Everybody needs somebody

Es cuando te necesito, nena
Es cuando digo que te amo
Es cuando digo que te amo
Déjame oírte decir sí
Déjame oírte decir sí
Déjame oírte decir sí
Déjame oírte decir sí
Te necesito, te necesito
A veces te necesito, nena
Te necesito, te necesito, te necesito
Cuando el sol se pone
Y no tengo a nadie cerca
Es cuando estoy completamente solo
Es cuando necesito tu amor, cariño
Es cuando te necesito desesperadamente
Es cuando te necesito desesperadamente
Te necesito
Para ayudarme a salir de esto, nena
Por la mañana también
Y cuando el sol se pone
Y no tengo a nadie cerca
Necesito tu amor desesperadamente
Y todo el mundo necesita amar a alguien
No tengo miedo de estar solo
Sólo que necesito amar a alguien
Siempre, siempre
Siempre, siempre
He dicho siempre, nena
Te necesito
Necesito tu amor desesperadamente
Déjame oírte decir sí
Déjame oírte decir sí
Déjame oírte decir sí
Déjame oírte decir sí
Necesito tu amor desesperadamente
Te necesito
Necesito tu amor, nena
Necesito tu amor, cariño
Todo el mundo necesita a alguien

Everybody needs somebody
Everybody needs somebody
Everybody needs somebody else
Everybody loves somebody
Everybody loves somebody else
You gotta need me too, baby
I'll see you through.

TIME IS ON MY SIDE

Time is on my side
Yes it is
Time is on my side
Yes it is

Now you always say that you want to be free
But you'll come running back
I said you would, baby
You'll come running back
Like I told you so many times before
You'll come running back to me

Time is on my side
Yes it is
Time is on my side
Yes it is

You're searching for good times but just wait and see
You'll come running back
I said you would, darling
You'll come running back
I'll spend the rest of my life with you, baby
You'll come running back to me

Todo el mundo necesita a alguien
Todo el mundo necesita a alguien
Todo el mundo necesita a alguien más
Todo el mundo ama a alguien
Todo el mundo ama a alguien más
Tú también tienes que necesitarme, nena
Yo te ayudaré.

EL TIEMPO ESTA DE MI PARTE

El tiempo está de mi parte
Sí, así es
El tiempo está de mi parte
Sí, así es

Tú siempre dices que quieres ser libre
Pero volverás corriendo
Te dije que lo harías, nena
Volverás corriendo
Como ya te lo dije muchas veces antes
Volverás corriendo a mí

El tiempo está de mi parte
Sí, así es
El tiempo está de mi parte
Sí, así es

Buscas divertirte, pero espera y verás
Volverás corriendo
Te dije que lo harías, cariño
Volverás corriendo
Pasaré el resto de mi vida contigo, nena
Volverás corriendo a mí

Go ahead, baby, and light up the town
And baby do anything your heart desires
Remember I'll always be around
And I know like I told you so many times before
You're gonna come back
Yeah you're gonna come back
Knockin' right on my door

Time is on my side
Yes it is
Time is on my side
Yes it is.

WHAT A SHAME

What a shame, nothing seems to be goin' right
What a shame, nothing seems to be goin' right
It seems easy to me that everything could be all right

What a shame, they always wanna start a fight
What a shame, they always wanna start a fight
Well it scares me so I gotta sleep in a shelter all night

What a shame, you all heard what I said
What a shame, you all heard what I said
You might wake up in the morning find your poor selves dead.

Sigue adelante, nena, y enciende la ciudad
Y, nena, haz lo que tu corazón desee
Recuerda que yo siempre estaré cerca
Pero sé como ya te lo dije muchas veces antes
Que volverás
Sí, tú volverás
Llamarás a mi puerta

El tiempo está de mi parte
Sí, así es
El tiempo está de mi parte
Sí, así es.

QUE VERGUENZA

Qué vergüenza, nada parece ir bien
Qué vergüenza, nada parece ir bien
Y a mí me parece fácil que todo pudiera ir bien

Qué vergüenza, siempre quieren empezar una guerra
Qué vergüenza, siempre quieren empezar una guerra
Me asusta tanto que he de dormir toda la noche en un refugio

Qué vergüenza, todos habéis oído lo que he dicho
Qué vergüenza, todos habéis oído lo que he dicho
Podéis despertaros una mañana y, pobres, encontraros
muertos.

DOWN THE ROAD A PIECE

If you wanna hear some boogie like I'm gonna play
It's just an old piano and a knocked out bass
The drummerman's a cat they call Charlie McLloyd
You all remember that broken legged boy
Mama's cookin' chicken fried in bacon grease
Come on along boys, it's just down the road a piece

Well there's a place where you really get your kicks
It's opened every night about twelve to six
Now if you wanna hear some boogie you can get your fill
A show that's stingin' like an old steam drill
Come along, you can loose your lead
Down the road, down the road, down the road a piece.

I CAN'T BE SATISFIED

Well I'm going away to live
Won't be back no more
Going back down south, child
Lord, don't you worry no more

I'm troubled, troubled
And all worried mind
Well I just can't be satisfied
Just can't keep on cryin'

Well I'm feelin' like snappin'
A pistol in your face
Gonna be some graveyard
Lord, be your restin' place

EN LA CARRETERA UN POCO MAS ABAJO

Si quieres oír un "boogie" como el que voy a tocar
Sólo es un viejo piano y un bajo noqueado
El batería es un gato al que llaman Charlie McLloyd
Todos recordáis al muchacho de las piernas rotas
Mamá está cocinando pollo frito con grasa de cerdo
¡Vamos, chicos, es en la carretera un poco más abajo!

Hay un lugar donde de verdad te lo puedes montar bien
Está abierto todas las noches de doce a seis
Si quieres oír algún "boogie" puedes hincharte
Un show que pica como una taladradora de vapor
¡Vamos, puedes soltarte a gusto!
Es en la carretera, en la carretera, un poco más abajo.

NO PUEDO SENTIRME SATISFECHO

Bueno, me voy lejos a vivir
No volveré nunca
Me voy al sur, nena
Señor, no te preocupes más

Estoy angustiado, angustiado
Soy todo preocupación
No puedo sentirme satisfecho
No puedo seguir llorando

Tengo ganas de disparar
Una pistola en tu cara
Va a ser un cementerio
Señor, tu lugar de descanso

I'm troubled, troubled
And all worried mind
Well I just can't be satisfied
Just can't keep on cryin'

Yeah I'm all in my sleep
Hear my doorbell ring
Lookin' for my baby
Lord, see not a doggone thing

I'm troubled, troubled
And all worried mind
Well I just can't be satisfied
Just can't keep on cryin'

Yeah I know my little old babe
She's gonna jump and shout
That old train will be late, man
Lord, I come walkin' out

I'm troubled, troubled
And all worried mind
Well I just can't be satisfied
Just can't keep on cryin'.

OFF THE HOOK

Sitting in my bedroom late last night
Climbed into bed and turned out the light
Tried to call my baby on the telephone
All I got was the busy tone

Estoy angustiado, angustiado
Soy todo preocupación
No puedo sentirme satisfecho
No puedo seguir llorando

Completamente dormido
Oigo el timbre de mi puerta
Espero ver a mi nena
Señor, no veo una puñeta

Estoy angustiado, angustiado
Soy todo preocupación
No puedo sentirme satisfecho
No puedo seguir llorando

Sí, sé que mi amorcito
Va a ir a bailar
Ese viejo tren llegará tarde, tío
Señor, he de ir caminando

Estoy angustiado, angustiado
Soy todo preocupación
No puedo sentirme satisfecho
No puedo seguir llorando.

DESCOLGADO

Sentado en mi cuarto anoche muy tarde
Me metí de un salto en la cama y apagué la luz
Intenté llamar a mi nena por teléfono
Pero estaba comunicando

It's off the hook, it's off the hook
It's off the hook, it's off the hook
It's off the hook

Off it so long she upset my mind
Why is she talkin' such a long time
Maybe she's a sleepin', maybe she's ill
Phone's disconnected, unpaid bill

It's off the hook, it's off the hook
It's off the hook, it's off the hook
It's off the hook

Don't wanna see her, afraid of what I'd find
Tired of letting her upset me all the time
Back into bed started readin' my book
Take my phone right off the hook

It's off the hook, it's off the hook
It's off the hook, it's off the hook
It's off the hook.

Está descolgado, está descolgado
Está descolgado, está descolgado
Está descolgado

Estuvo descolgado tanto tiempo que me trastornó
¿Por qué habla tanto rato?
Quizá esté dormida, quizá esté enferma
El teléfono desconectado, el recibo sin pagar

Está descolgado, está descolgado
Está descolgado, está descolgado
Está descolgado

No quiero verla, por miedo a lo que pueda encontrar
Estoy harto de que me tenga siempre alterado
De vuelta a la cama empecé a leer mi libro
Dejé el teléfono descolgado

Está descolgado, está descolgado
Está descolgado, está descolgado
Está descolgado.

OUT OF OUR HEADS (1965)
Fuera de nuestras cabezas

MERCY, MERCY (Covay-Miller)
Piedad, Piedad
HITCH HIKE (Gaye-Stevenson-Paul)
A dedo
THAT'S HOW STRONG MY LOVE IS (Jamison)
Así es de fuerte mi amor
GOOD TIMES (Cooke)
Un buen rato
HEART OF STONE (Jagger-Richard)
Corazón de piedra
I'M FREE (Jagger-Richard)
Soy libre

MERCY, MERCY

Have mercy
Have mercy, baby
Have mercy
Have mercy on me

Well I went to see the gypsy
To have my fortune read
She said man your baby's gonna leave you
Her bags are packed up under the bed
That's right

Have mercy
Have mercy baby
Have mercy
Have mercy on me

But if you leave me baby
Girl if you put me down
I'm gonna make it to the nearest river child
And jump over board and drown
That's right

Have mercy
Have mercy, baby
Have mercy
Have mercy on me

I said hey hey baby, hey hey now
What you tryin' to do
Hey hey baby, hey hey now
Please don't say we're through
Yeh yeh yeh

PIEDAD, PIEDAD

Ten piedad
Ten piedad, nena
Ten piedad
Ten piedad de mí

Fui a ver a la gitana
Para que me leyera el futuro
Me dijo, tío, tu chica te va a dejar
Tiene las maletas hechas debajo de la cama
Eso es

Ten piedad
Ten piedad, nena
Ten piedad
Ten piedad de mí

Pero si me dejas, nena
Chica, si me abandonas
Voy a hacerlo en el primer río, nena
Saltaré por la borda y me ahogaré
Eso es

Ten piedad
Ten piedad, nena
Ten piedad
Ten piedad de mí

Dije, oye oye, nena, oye oye ahora
¿Qué tratas de hacer?
Oye oye, nena, oye oye ahora
Por favor, no digas que hemos acabado
Sí sí sí

Have mercy
Have mercy, baby
Have mercy
Have mercy on me

But if you stay here baby
I tell you what I'm gonna do
I'm gonna work two jobs seven days a week
And bring my money home to you
That's right

Have mercy, please
Have mercy, baby
Have mercy
Have mercy on me.

HITCH HIKE

Hitch hike
I'm goin' to Chicago
That's the last place my baby stayed
Hitch hike, hitch hike baby
I'm packin' up my bags
I'm gonna leave this town rightaway
Hitch hike, hitch hike baby
I'm gonna find that girl
If I have to hitch hike round the world
Hitch hike, hitch hike baby

Ten piedad
Ten piedad, nena
Ten piedad
Ten piedad de mí

Pero si te quedas, nena
Te diré lo que haré
Tendré dos trabajos siete días a la semana
Y te llevaré a casa todo el dinero
Eso es

Ten piedad, por favor
Ten piedad, nena
Ten piedad
Ten piedad de mí.

A DEDO

A dedo
Me voy a Chicago
Ese es el último sitio donde estuvo mi chica
A dedo, a dedo, nena
Estoy haciendo las maletas
Me voy de esta ciudad ahora mismo
A dedo, a dedo, nena
Voy a encontrar a esa chica
Aunque tenga que hacer dedo por todo el mundo
A dedo, a dedo, nena

43

Chicago City
That's what the sign on the freeway read
Hitch hike, hitch hike baby
I'm gonna keep on goin'
Till I get on that street called sixth and main
Hitch hike, hitch hike baby
I gotta find that girl
If I have to hitch hike round the world
Hitch hike, hitch hike baby

Hitch hike, hitch hike baby
Hitch hike, hitch hike baby
Hitch hike, hitch hike baby

I'm goin' to St. Louis
But my next stop just might be L.A.
Hitch hike, hitch hike baby
I got no money in my pockets
So I'm gonna have to hitch hike all the way
Hitch hike, hitch hike baby
I'm gonna find that girl
If I have to hitch hike round the world
Hitch hike, hitch hike baby

Hitch hike, hitch hike baby
Hitch hike, hitch hike baby
Hitch hike, hitch hike baby.

Ciudad de Chicago
Eso es lo que se lee en el letrero de la autopista
A dedo, a dedo, nena
Voy a seguir
Hasta que llegue a esa calle que llaman Seis y Mayor
A dedo, a dedo, nena
He de encontrar a esa chica
Aunque tenga que hacer dedo por todo el mundo
A dedo, a dedo, nena

A dedo, a dedo, nena
A dedo, a dedo, nena
A dedo, a dedo, nena

Voy a San Luis
Pero mi próxima parada quizá sea Los Angeles
A dedo, a dedo, nena
No tengo dinero en los bolsillos
Así que tendre que hacer dedo todo el camino
A dedo, a dedo, nena
Voy a encontrar a esa chica
Aunque tenga que hacer dedo por todo el mundo
A dedo, a dedo, nena

A dedo, a dedo, nena
A dedo, a dedo, nena
A dedo, a dedo, nena.

THAT'S HOW STRONG MY LOVE IS

If I was the sun way up there
I'd go with my love everywhere
I'd be the moon when the sun go down
To let you know I'm still around

That's how strong my love is, baby
That's how strong my love is
That's how strong my love is
That's how strong my love is

I'll be the weeping willow drowning in my tears
You can go swim in when you're here
I'll be the rainbow when the sun is gone
Wrap you in my colours and keep you warm

That's how strong my love is
That's how strong my love is
That's how strong my love is
That's how strong my love is

I'll be the ocean so deep and wide
I'll dry your tears when you cry
I'll be the breeze when the storm is gone
To dry your eyes and keep you warm

That's how strong my love is
That's how strong my love is
That's how strong my love is, baby
That's how strong my love is.

ASI ES DE FUERTE MI AMOR

Si yo fuera el sol en lo alto
Iría con mi amor a todas partes
Sería la luna cuando el sol se pone
Para que supieras que aún estoy cerca

Así es de fuerte mi amor, nena
Así es de fuerte mi amor
Así es de fuerte mi amor
Así es de fuerte mi amor

Seré el sauce llorón ahogándome en mis lágrimas
Tú podrás nadar en ellas cuando estés aquí
Seré el arco iris cuando el sol se haya ido
Te envolveré en mis colores y te mantendré caliente

Así es de fuerte mi amor
Así es de fuerte mi amor
Así es de fuerte mi amor
Así es de fuerte mi amor

Seré el océano tan ancho y profundo
Secaré tus lágrimas cuando llores
Seré la brisa cuando la tormenta haya pasado
Para secar tus ojos y mantenerte caliente

Así es de fuerte mi amor
Así es de fuerte mi amor
Así es de fuerte mi amor, nena
Así es de fuerte mi amor.

GOOD TIMES

Oh la la la la ta ta
Oh la la la la ta ta
La la la la
All night long I wanna tell you

Come on and let the good times roll
We're gonna stay here till we soothe our souls
It may take all night long
The evening sun is sinking low
The clock on the wall says it's time to go
I got my plans, I don't know about you
I'll tell you exactly what I'm gonna do

Get in the groove and let the good time roll
We're gonna stay here till we soothe our souls
It may take all night long
It might be one o'clock and it might be three
Time don't mean that much to me
Ain't felt this good since I don't know when
I might not feel this good again

Come on and let the good times roll
We're gonna stay here till we soothe our souls
It may take all night long.

UN BUEN RATO

Oh la la la ta ta
Oh la la la ta ta
La la la la
Te lo diré toda la noche

Ven y deja que pasemos un buen rato
Nos quedaremos aquí hasta endulzar nuestras almas
Puede llevarnos toda la noche
El sol de la tarde se hunde bajo
El reloj de pared dice que es hora de irnos
Tengo mis planes, no sé nada de ti
Te diré exactamente lo que voy a hacer

Enróllate y deja que pasemos un buen rato
Nos quedaremos aquí hasta endulzar nuestras almas
Puede llevarnos toda la noche
Pueden ser la una y pueden ser las tres
El tiempo no significa mucho para mí
No sé cuánto hacía que no me sentía tan bien
Y puede que no me pase otra vez

Ven y deja que pasemos un buen rato
Nos quedaremos aquí hasta endulzar nuestras almas
Puede llevarnos toda la noche.

HEART OF STONE

There've been so many
Girls that I've known
I've made so many cry
And still I wonder why
Here comes the little girl
I see her walking down the street
She's all by herself
I'm trying so hard to please

But she'll never break, never break
Never break, never break
This heart of stone
Oh no no, this heart of stone

What's the difference about her
I don't really know
No matter how I try
I just can't make her cry

But she'll never break, never break
Never break, never break
This heart of stone
Oh no no, this heart of stone

Don't keep on looking
That same old way
If you try acting sad
You'll only make me glad
Better listen little girl
You go walking down the street
I ain't got no love
I ain't the kind to meet

CORAZON DE PIEDRA

Ha habido tantas
Chicas que he conocido
He hecho a tantas llorar
Y todavía me pregunto por qué
Aquí llega la nena
La veo bajar por la calle
Va sola
Hago todo lo que puedo por complacerla

Pero ella nunca romperá, nunca romperá
Nunca romperá, nunca romperá
Este corazón de piedra
Oh no, no, este corazón de piedra

¿Cuál es la diferencia de ella?
En verdad no lo sé
No importa lo que intente
No puedo hacerla llorar

Pero ella nunca romperá, nunca romperá
Nunca romperá, nunca romperá
Este corazón de piedra
Oh no, no, este corazón de piedra

No sigas mirando
Como haces siempre
Si intentas hacerte la triste
Sólo me pondrás contento
Será mejor que me escuches, nena
Puedes seguir caminando
No tengo amor
No soy adecuado para ti

But she'll never break, never break
Never break, never break
This heart of stone
Oh no no, you'll never break this heart of stone, darling
No no no, this heart of stone
You'll never break it, darling
You'll never break this heart of stone
Oh no no, you better go
You better go home
You'll never break this heart of stone.

I'M FREE

I'm free to do what I want any old time
I'm free to do what I want any old time
So love me, hold me
Love me, hold me
I'm free any old time to get what I want

I'm free to sing my song knowing it's out of trend
I'm free to sing my song knowing it's out of trend
So love me, hold me
Love me, hold me
'cause I'm free any old time to get what I want

So love me, hold me
Love me, hold me
'cause I'm free any old time to get what I want

Pero ella nunca romperá, nunca romperá
Nunca romperá, nunca romperá
Este corazón de piedra
Oh no no, nunca romperás este corazón de piedra, cariño
No, no, no, este corazón de piedra
Nunca lo romperás, cariño
Nunca romperás este corazón de piedra
Oh no, no, mejor será que te vayas
Mejor será que te vayas a casa
Nunca romperás este corazón de piedra.

SOY LIBRE

Soy libre para hacer lo que quiero en cualquier momento
Soy libre para hacer lo que quiero en cualquier momento
Así pues ámame, abrázame
Amame, abrázame
Soy libre en cualquier momento para conseguir lo que quiero

Soy libre para cantar mi canción sabiendo que no está de
                                                    moda
Soy libre para cantar mi canción sabiendo que no está de
                                                    moda
Así pues ámame, abrázame
Amame, abrázame
Porque soy libre en cualquier momento para conseguir lo que
                                                    quiero

Así pues ámame, abrázame
Amame, abrázame
Porque soy libre en cualquier momento para conseguir lo que
                                                    quiero

I'm free to choose who I see any old time
I'm free to bring who I choose any old time
So want me , love me
Love me, hold me
I'm free any old time to get what I want.

Soy libre para elegir a quien veo en cualquier momento
Soy libre para traer a quien elijo en cualquier momento
Así pues deséame, ámame
Amame, abrázame
Soy libre en cualquier momento para conseguir lo que quiero.

AFTER-MATH (1966)
Consecuencias

MOTHER'S LITTLE HELPER (Jagger-Richard)
La pequeña ayuda para una madre
LADY JANE (Jagger-Richard)
Lady Jane
FLIGHT 505 (Jagger-Richard)
Vuelo 505
HIGH AND DRY (Jagger-Richard)
Plantado
OUT OF TIME (Jagger-Richard)
Fuera de ritmo
WHAT TO DO (Jagger-Richard)
Qué hacer

MOTHER'S LITTLE HELPER

What a drag it is getting old

Kids are different today
I hear every mother say
Mother needs something today to calm her down
And though she's not really ill
There's a little yellow pill
She goes running for the shelter of a mother's little helper
And it helps her on her way
Gets her through her busy day

Things are different today
I hear every mother say
Cooking fresh food for a husband's just a drag
So she buys an instant cake
And she burns her frozen steak
And goes running for the shelter of a mother's little helper
And two help her on her way
Get her through her busy day

Doctor please
Some more of these
Outside the door
She took four more
What a drag it is getting old

Men just aren't the same today
I hear every mother say
They just don't appreciate that you get tired
They're so hard to satisfy
You can tranquilise your mind
So go running for the shelter of a mother's little helper
And four help you through the night
Help to minimise your plight

LA PEQUEÑA AYUDA PARA UNA MADRE

Qué lata es hacerse vieja

Hoy los chicos son distintos
Se lo oigo decir a todas las madres
Hoy una madre necesita algo que la tranquilice
Y aunque en verdad no esté enferma
Hay una pequeña píldora amarilla
Ella corre al refugio de la pequeña ayuda para una madre
Y esto le ayuda
A pasar su atareado día

Hoy las cosas son distintas
Se lo oigo decir a todas las madres
Cocinar algo fresco para el marido es una lata
Así que compra una tarta instantánea
Y quema un biftec congelado
Y corre al refugio de la pequeña ayuda para una madre
Y dos le ayudan
A pasar su atareado día

Por favor doctor
Unas pocas más
Al otro lado de la puerta
Se tomó cuatro más
Qué lata es hacerse vieja

Hoy los hombres ya no son lo mismo
Se lo oigo decir a todas las madres
No pueden comprender que estés cansada
Son tan difíciles de satisfacer
Pero tú puedes tranquilizar tu mente
Corre al refugio de la pequeña ayuda para una madre
Y cuatro te ayudan a pasar la noche
Te ayudan a minimizar tu situación

Doctor please
Some more of these
Outside the door
She took four more
What a drag it is getting old

Life's just much too hard today
I hear every mother say
The pursuit of happiness just seems a bore
And if you take more of those
You will get an overdose
No more running to the shelter of a mother's little helper
They just helped you on your way
Through your busy dying day.

LADY JANE

My sweet lady Jane
When I see you again?
Your servant am I
And will humbly remain
Just heed this plea my love
On bended knees my love
I pledge myself to lady Jane

My dear lady Anne
I've done what I can
I must take my leave
For promised I am
This play is run my love
Your time has come my love
I've pledged my troth to lady Jane

Por favor doctor
Unas pocas más
Al otro lado de la puerta
Se tomó cuatro más
Qué lata es hacerse vieja

Hoy la vida es demasiado dura
Se lo oigo decir a todas las madres
La búsqueda de la felicidad parece una lata
Y si tomas unas pocas más
Conseguirás una sobredosis
Se acabaron las carreras hasta el refugio de la pequeña ayuda
para una madre
Sólo te ayudaron a llegar
Hasta el atareado día de tu muerte.

LADY JANE

Mi dulce Lady Jane
¿Cuándo te volveré a ver?
Tu siervo soy
Y humildemente seguiré siéndolo
Sólo escucha esta súplica, amor mío
Con las rodillas dobladas, amor mío
Me prometo a lady Jane

Mi querida lady Anne
Hice todo lo que pude
Tengo que marcharme
Pues estoy prometido
Este juego ha terminado, amor mío
Tu hora ha llegado, amor mío
He dado mi palabra a lady Jane

Oh my sweet Marie
I wait at your ease
The sands have run out
For your lady and me
Wedlock is nigh my love
Her station's right my love
Life is secure with lady Jane.

FLIGHT 505

Well I was happy here at home
I got everything I need
Happy being on my own
Just living the life I lead
But suddenly it dawned on me
That this was not my life
So I just phoned the airline girl and said
Get me on flight number 505
Get me on flight number 505

Oh mi dulce Marie (1)
Espero tus órdenes
El tiempo ha pasado
Para tu lady y para mí
El matrimonio está cerca, amor mío
Su posición es buena, amor mío
La vida es segura con lady Jane.

VUELO 505

Bien, yo era feliz aquí en casa
Tenía todo lo que necesitaba
Feliz de estar solo
Viviendo la vida que llevaba
Pero de repente me di cuenta
De que ésa no era mi vida
Así que telefoneé a la chica de las líneas aéreas y le dije
Consígueme un vuelo para el 505
Consígueme un vuelo para el 505

(1) Si ''Marie'' es María y ''Jane'' es Juana, todo parece indicar que
Jagger se queda con las dos, es decir con ''Marijuana''.

Well I confirmed my reservation
Then I hopped a cab
No idea of my destination
And feeling pretty bad
With my suitcase in my hand
In my head my new life
And then I told the airline girl well
Get me on flight number 505
Get me on flight number 505

Well I sat right there in my seat
Well feeling like a king
With the whole world at my feet
Of course I'll have a drink!
But suddenly I saw that we
Never ever would arrive
He put the plane down in the sea
The end of the flight number 505
The end of the flight number 505

He put the plane down in the sea
The end of the flight number 505
The end of the flight number 505.

HIGH AND DRY

High and dry, well I'm up here with no warning
High and dry, well I couldn't get a word in
High and dry, oh what a way to go
She left me standing here just high and dry

Bien, confirmé mi reserva
Después cogí un taxi
Ni idea de mi destino
Y me sentía bastante mal
Con la maleta en la mano
Y en mi cabeza mi nueva vida
Y entonces le dije a la chica de las líneas aéreas, bien
Ponme en el vuelo para el 505
Ponme en vuelo para el 505

Bien, me senté en mi asiento
Bueno, me sentía como un rey
Con el mundo entero a mis pies
¡Claro que lo iba a mojar!
Pero de pronto vi
Que no íbamos a llegar nunca
Dejó caer el avión en el mar
El final del vuelo 505
El final del vuelo 505

Dejó caer el avión en el mar
El final del vuelo 505
El final del vuelo 505

PLANTADO

Plantado, estoy aquí arriba sin previo aviso
Plantado, no pude decir una palabra
Plantado, oh vaya manera de acabar
Ella me dejó aquí plantado

One minute I was up there standing by her side
The next I was down here well left out of the ride
High and dry, oh what a way to go
She left me standing here just high and dry

Anything I wish for I only had to ask her
I think she found out it was money I was after
High and dry, oh what a weird letdown
She left me standing here juste high and dry

Lucky that I didn't have any love towards her
Next time I'll make sure that the girl will be much poorer
High and dry, oh what a way to go
She left me standing here just high and dry.

OUT OF TIME

You don't know what's going on
You've been away for far too long
You can't come back and think you are still mine
You're out of touch my baby
My poor discarded baby
I said baby baby baby you're out of time

Well baby baby baby you're out of time
I said baby baby baby you're out of time
Yes you are left out
Out of there without a doubt
'cause baby baby baby you're out of time

Un minuto y estaba allá arriba a su lado
Al siguiente aquí abajo, fuera de juego
Plantado, oh vaya manera de acabar
Ella me dejó aquí plantado

Todo lo que quería sólo tenía que pedírselo
Creo que descubrió que iba tras el dinero
Plantado, oh qué extraño chasco
Ella me dejó aquí plantado

Contento de no haber sentido amor por ella
La próxima vez me aseguraré de que la chica sea mucho más
                                                                            pobre
Plantado, oh vaya manera de acabar
Ella me dejó aquí plantado.

FUERA DE RITMO

No sabes lo que pasa
Has estado fuera demasido tiempo
No puedes volver y pensar que aún eres mía
Te has quedado anticuada, mi pequeña
Mi pobre nena rechazada
Dije, nena, nena, nena, estás fuera de ritmo

Bien, nena, nena, nena, estás fuera de ritmo
Dije, nena, nena, nena, estás fuera de ritmo
Sí, estás excluida
De aquí sin duda
Porque, nena, nena, nena, estás fuera de ritmo

A girl who wants to run away
Discovers that she's had her day
It's no good you thinking that you are still mine
You're out of touch my baby
My poor unfaithful baby
I said baby baby baby you're out of time

Well baby baby baby you're out of time
I said baby baby baby you're out of time
Yes you are left out
Out of there without a doubt
'cause baby baby baby you're out of time

You thought you were a clever girl
Giving up your social whirl
But you can't come back and be the first in line
You're obsolete my baby
My poor oldfashioned baby
I said baby baby baby you're out of time

Well baby baby baby you're out of time
I said baby baby baby you're out of time
Yes you are letf out
Out of there without a doubt
'cause baby baby baby you're out of time.

WHAT TO DO

What to do, yeah, I really don't know
I really don't know what to do
What to do, yeah, I really dont know
I really don't know

Una chica que quiere escaparse
Descubre que su momento ya pasó
No está bien que pienses que aún eres mía
Te has quedado anticuada, mi pequeña
Mi pobre nena infiel
Dije, nena, nena, nena, estás fuera de ritmo

Bien, nena, nena, nena, estás fuera de ritmo
Dije, nena, nena, nena, estás fuera de ritmo
Sí, estás excluida
De aquí sin duda
Porque, nena, nena, nena, estás fuera de ritmo

Creías que eras una chica lista
Al renunciar a tu círculo social
Pero no puedes volver a ser la primera de la fila
Estás anticuada, mi pequeña
Mi pobre nena chapada a la antigua
Dije, nena, nena, nena, estás fuera de ritmo

Bien, nena, nena, nena, estás fuera de ritmo
Dije, nena, nena, nena, estás fuera de ritmo
Sí, estás excluida
De aquí sin duda
Porque, nena, nena, nena, estás fuera de ritmo.

¿QUE HACER

¿Qué hacer?, sí, no lo sé
En verdad no sé qué hacer
¿Qué hacer?, sí, no lo sé
En verdad no lo sé

Maybe when the T.V. stops
Fading out on the epilogue
Watch the screen just fade away
No, I really don't know
I really don't know what to do yeah
Well I really don't know
I really don't know what to do
What to do, yeah, I really don't know
I really don't know

There's a place where you get bored
That's what you make your money for
Drink and dance till four o'clock
Now you really don't know
You really don't know what to do yeah
There's nothing to do
And nowhere to go
You're talking to people
That you don't know
There's n-n-nothing to do do do
No, you really don't know
You really don't know what to do
What to do, yeah, I really don't know
I really don't know

Hurry people get on your train
Don't be late for work again
I think it's time to go to bed
No, I really don't know
I really don't know what to do yeah
There's nothing to do
And nowhere to go
You're talking to people
That you don't know
There's n-n-n-nothing to do do do
N-n-n-nothing.

Quizá cuando acaba la tele
Enmudeciendo en el epílogo
Mira la pantalla desvanecerse
No, en verdad no sé
En verdad no sé qué hacer
Bueno, en verdad no sé
En verdad no sé qué hacer
¿Qué hacer?, sí, no lo sé
En verdad no lo sé

Hay un lugar donde te aburres
Para eso ganas tu dinero
Bebes y bailas hasta las cuatro
Ahora la verdad no sabes
En verdad no sabes qué hacer
No hay nada que hacer
Ningún sitio donde ir
Hablas con gente
Que no conoces
No hay nada que hacer
No, en verdad no sabes
En verdad no sabes qué hacer
¿Qué hacer?, sí, no lo sé
En verdad no lo sé

Gente con prisa sube a tu vagón
No llegues tarde al trabajo otra vez
Creo que es hora de irse a la cama
No, en verdad no sé
En verdad no sé qué hacer
No hay nada que hacer
Ningún sitio donde ir
Hablas con la gente
Que no conoces
No hay nada que hacer
Nada.

METAMORPHOSIS (1975) (1)
Metamorfosis

DON'T LIE TO ME (Jagger-Richard)
No me mientas
I'D MUCH RATHER BE WITH THE BOYS
(Richard-Oldham)
Preferiría estar con los chicos
(WALKING THRU) THE SLEEPY CITY (Jagger-Richard)
(Caminando por) La ciudad dormida
DOWNTOWN SUZIE (Wyman)
Suzie del centro
FAMILY (Jagger-Richard)
Familia
MEMO FROM TURNER (Jagger-Richard)
Memorandum de Turner

(1) Aunque este álbum de recopilaciones fue lanzado por la Decca en 1975, sus temas datan entre 1963 y 1967.

DON'T LIE TO ME

Well, let's talk it over babe, before we start
I heard about the way you do your part
Don't lie to me
Don't you lie to me
Don't you make me mad
I'll get evil as a man can be

Weel, of all kinds of people that I just can't stand
That's a lyin' woman and a cheatin' man
Don't lie to me
Don't you lie to me
Don't you lie to me
Don't you make me mad
I'll get evil as a man can be

Well, I will love you babe and it ain't no lie
I swear to be with you till the well run dry
Don't lie to me
Don't you lie to me
Don't you make me mad
I'll get evil as a man can be

Well, let's talk it over babe, before we start
I heard about the way you used to do your part
Don't lie to me
Don't you lie to me
Don't you make me mad
I'll get evil as a man can be.

NO ME MIENTAS

Bien, hablemos de ello, nena, antes de empezar
He oído sobre tu manera de actuar
No me mientas
No me mientas a mí
No me vuelvas loco
Seré tan diabólico como un hombre pueda ser

Bien, la clase de gente que no puedo soportar
Es una mujer mentirosa y un hombre tramposo
No me mientas
No me mientas a mí
No me mientas a mí
No me vuelvas loco
Seré tan diabólico como un hombre pueda ser

Bien, yo te amaré, nena, y eso no es una mentira
Te juro que estaré contigo hasta que el pozo se seque
No me mientas
No me mientas a mí
No me vuelvas loco
Seré tan diabólico como un hombre pueda ser

Bien, hablemos de ello, nena, antes de empezar
He oído sobre la manera que tienes de actuar
No me mientas
No me mientas a mí
No me vuelvas loco
Seré tan diabólico como un hombre pueda ser.

I'D MUCH RATHER BE WITH THE BOYS

Here I am all alone
And all dressed up to kill
'cause I'd much rather be with the boys
Than be with you
Here I am with the gang
I don't care where you are
'cause I'd much rather be with the boys
Than be with you

I hold my head up high when I walk down this street
Now I'm a man, I'm standin' on my own two feet
Don't try to call me, 'cause now I know the score
And now I know that I don't need you anymore

Don't put me on, it's over now
It's no good lookin' back
'cause I'd much rather be with the boys
Than be with you

Who's foolin', who
It's over and you're had all you're gettin' from me
'cause I'd much rather be with the boys
Yes I'd much rather be with the boys
Yes I'd much rather be with the boys
And the boys and they would much rather be with the boys
Than with girls like you
Girls like you, ooh ooh
Girls like you, ooh ooh.

PREFERIRIA ESTAR CON LOS CHICOS

Aquí estoy completamente solo
Y vestido para matar
Porque preferiría estar con los chicos
Que estar contigo
Aquí estoy con la pandilla
No me importa dónde estés
Porque preferiría estar con los chicos
Que estar contigo

Llevo la cabeza bien alta cuando camino por la calle
Ahora soy un hombre, me tengo sobre mis dos pies
No trates de llamarme, ya sé lo que vale un peine
Y sé que ya no te necesito

No me busques, se ha acabado
No es bueno mirar atrás
Pues preferiría estar con los chicos
Que estar contigo

¿Quién está tomando el pelo a quién?
Se ha acabado y no vas a sacarme más
Pues preferiría estar con los chicos
Sí, preferiría estar con los chicos
Sí, preferiría estar con los chicos
Y los chicos preferirían estar con los chicos
Que con chicas como tú
Chicas como tú, ooh ooh
Chicas como tú, ooh ooh.

(WALKIN' THRU) THE SLEEPY CITY

Walki' thru the sleepy city
Int he dark it looks so pretty
Till I got to the one cafe
That stays open night and day
Just a-lookin' at the sleepy city
In the night it looks so pretty
No one sees the city lights
They just care about the warmth inside
No one listens to what people say
I just sit and hear the radio play
Just send this girl walkin's my way
And she was as pretty as my sleepy city
And will you walk thru the sleepy city
In the night it looks so pretty
Tired of walkin' on my own
It looks better when you're not alone

Will you walk thru the sleepy city
In the night it looks so pretty
I'm tired of walkin' on my own
It looks better when you're not alone.

DOWNTOWN SUZIE

Got the Monday mornin' feel, yeah yeah yeah
Monday was not really real, yeah, yeah
Oh lying on a naked bed, yeah yeah yeah
With an Alka Seltzer head, yeah yeah

(CAMINANDO POR) LA CIUDAD DORMIDA

Caminando por la ciudad dormida
En la oscuridad parece tan bonita
Hasta que llego al único café
Que está abierto noche y día
Estoy mirando la ciudad dormida
En la oscuridad parece tan bonita
Nadie mira las luces de la ciudad
Sólo se preocupan de su ardor interno
Nadie escucha lo que la gente dice
Yo me siento y escucho la radio
Aparece esa chica que viene hacia mí
Y era tan bonita como mi ciudad dormida
¿Y pasearás tú por la ciudad dormida?
De noche parece tan bonita
Estoy cansado de caminar solo
Parece mejor cuando no estás solo

¿Pasearás tú por la ciudad dormida?
De noche parece tan bonita
Estoy cansado de caminar solo
Parece mejor cuando no estás solo.

SUZIE DEL CENTRO

Tenía la sensación de mañana de lunes, sí sí sí
El lunes no era realmente real, sí sí
Oh tumbado en una cama desnuda, sí sí sí
Con la cabeza de Alka Seltzer, sí sí

79

Yeah, Lucy looked sweet
Just astrollin' down Newport Street
Talkin's 'bout Lu
What you gonna do
I feel so bad
Have you ever been had
I'll dry out, sweet Lucy

Took an early morning shower, yeah yeah yeah
Well I wasted 'bout half an hour, yeah yeah
I heard the ringing of the bell, yeah yeah yeah
It's Lucy with the cleaning towel, yeah yeah

Oh I'm feeling like the Sunday Times, yeah yeah yeah
A Southern California wine, yeah yeah
Lucy kicked me in the hole, yeah yeah yeah
A tennas worth of achin' bones, yeah yeah

Yeah, Lucy looked sweet
Just astrollin' down Newport Street
Talkin' 'bout Lu
What you gonna do
I feel so bad
Have you ever been had
I'll dry out, sweet Lucy.

Sí, Lucy tenía un aire dulce
Callejeando por Newport Street
Hablando de Lu
¿Qué vas a hacer?
Me siento muy mal
¿Te la han pegado alguna vez?
Dejaré de beber, dulce Lucy

Me di una ducha por la mañana temprano, sí sí sí
Me tiré una media hora, sí sí
Oí sonar el timbre, sí sí sí
Era Lucy con la toalla limpia, sí sí

Oh me siento como el Sunday Times, sí sí sí (1)
Un vino del sur de California, sí sí
Lucy me dio una patada en el agujero, sí sí sí
Diez libras de huesos doloridos, sí sí

Sí, Lucy tenía un aire dulce
Callejeando por Newport Street
Hablando de Lu
¿Qué vas a hacer?
Me siento muy mal
¿Te la han pegado alguna vez?
Dejaré de beber, dulce Lucy.

(1) *Sunday Times:* periódico dominical inglés.

FAMILY

Here's father, his heart screwed on
Yes, sure he's got it I'm sure
'cause he lost his life in an accident
Found his heart in the man next door

What exactly' gonna happen
He says with his transplant mouth
Will my borrowed brain still repeat the same
Or my daughter stop her sleeping out

Here comes the girls, she's got her head screwed on
But it ain't screwed on right
Her ambition is to be a prostitute
But the breaks just weren't right

What exactly's gonna happen
When her father finds out
That his virgen daughter has bordello dreams
And that he's the one she wants to try it out

Here is ma, she's living dangerously
It's a cinch she'll try it again twice
She thinks she can run right in the whirlpool's edge
And stop herself just in time

What exactly's gonna happen
When she finally fizzles out
The lovers will just be sucked into
To see what the colors of death are all about

FAMILIA

Aquí está el padre, su corazón atornillado
Sí, seguro que lo tiene, estoy seguro
Porque perdió la vida en un accidente
Y encontró su corazón en el vecino de al lado

¿Qué es lo que sucederá exactamente?
Dice con su boca trasplantada
¿Repetirá lo mismo mi cerebro prestado?
O dejará mi hija de dormir fuera?

Aquí llega la chica, tiene su cabeza atornillada
Pero con algún tornillo suelto
Su ambición es ser prostituta
Pero las oportunidades no le salieron bien

¿Qué es lo que sucederá exactamente
Cuando su padre descubra
Que su hija virgen tiene sueños de burdeles
Y que es a él a quien quiere probar?

Aquí está mamá, vive peligrosamente
Seguro que lo intentará dos veces
Piensa que puede correr hasta el borde del remolino de agua
Y detenerse justo en el momento

¿Qué es lo que sucederá exactamente
Cuando al final no dé resultado
Y los amantes sean tragados
Para ver cómo son los colores de la muerte?

Here's the son, has his legs a-screwed on
Yeah, they're screwed on pretty tight
But his brain is loose and it ain't no use
He's already lost the firght

What exactly's gonna happen
When he's finally realized
That he can't play guitar like E.G. Jim
Or write St. Augustine if he tried

That's what happens
When a family finds out
That they've been in orbit now for a thousand years
And need a thousand more to climb out.

MEMO FROM TURNER

Didn't I see you down in San Antone
On a hot and dusty night
Weren't you eating eggs in Sammy's
There where the black man drew his knife
Didn't you drown a Jew in Rampton
When he washed his sleeveless shirt
With a Spanish speaking gentleman
The one that we call Kurt
Come now, gentleman, there must be some mistake
How forgetful I'm becoming
Now you fixed your business straight

Aquí está el hijo, tiene sus piernas atornilladas
Sí, están atornilladas muy fuerte
Pero su cerebro está suelto y no tiene utilidad
Ya ha perdido la pelea

¿Qué es lo que sucederá exactamente
Cuando al final comprenda
Que no puede tocar la guitarra como E.G. Jim
Ni escribir a San Agustín aunque lo intentara?

Eso es lo que sucede
Cuando una familia descubre
Que ha estado en órbita durante mil años
Y necesita mil más para salir.

MEMORANDUM DE TURNER   (1)

¿No te vi en San Antón?
Una noche cálida y polvorienta?
¿No comías huevos en Casa de Sammy
Donde el negro sacó la navaja?
¿No ahogaste a un judío en Rampton
Cuando se lavaba su camisa de manga corta
Con un caballero que hablaba español
Ese al que llamamos Kurt?
Venid, caballeros, debe haber un error
Qué olvidadizo me estoy volviendo
Ahora que vuestro negocio es limpio

(1) "Turner": Apellido inglés que significa "tornero".

Weren't you acting down in Broadway
Back in nineteen fifty six
You're a faggot little leather boy
With a smaller piece of stick
You're a lashing, smashing hunk of man
Your sweat shines sweet and strong
Your organ's working perfectly
But there's a part that's screwed on wrong

Now weren't you at the Coke convention
Back in nineteen fifty six
You're the misbred gray executive
That I've been heavily advertised
You're the great gray man
Whose daughter licks policeman's buttons clean
You're the man who squats behind the man
Who works the soft machine
Come now, gentlemen, your love is all I crave
You'll still be in the circus
When I'm laughing, laughing in my grave

Yeah, when the old men do the fighting
And the young men all look on
And the young girls eat their mommy's meat
From tubes of plasticon
So be weary, please, my gentle friends
Of all the skin   you breed
They have a nasty habbit
That is the bite the hand that feeds

¿No actuabas en Broadway
Allá por el año cincuenta y seis?
Haces de nada un castillo
Pequeño muchacho de cuero
Eres un azote, un cacho de bárbaro
Tu sudor brilla dulce y fuerte
Tu órgano trabaja perfectamente
Pero tiene una parte mal atornillada

¿No estabas en el congreso de la Coca-Cola
Allá por el año sesenta y cinco?
Eres el gris ejecutivo mal parido
Del que tanto me han hablado
Eres el gran hombre gris
Cuya hija limpia los botones del policía con la lengua
Eres el hombre que se agacha detrás del hombre
Que trabaja en la computadora
Venid, caballeros, vuestro amor es todo lo que suplico
Estaréis todavía en el circo
Cuando yo esté riendo, riendo en mi tumba

Sí, cuando los viejos pelean
Y todos los jóvenes miran
Y las nenas comen la carne de su mamá
En tubos de plástico
Por favor, dejad de una vez por todas, amables amigos
Todos los pellejos que criáis
Tienen una horrible costumbre
Muerden la mano que les da de comer

So remember who you say you are
And keep your trousers clean
Boys will be boys and play with toys
So be strong with your beast
So Rosie, dear, don't you think it's queer
So stop me if you please
The baby's dead, my lady said
You schmucks all work for me.

Así pues recordad quién decís que sois
Y mantened vuestros pantalones limpios
Niños serán niños y jugarán con juguetes
Sed fuertes como vuestro animal
Pero Rosie, querida, no pienses que es raro
Párame si quieres
El bebé ha muerto, mi señora dijo
Todos vosotros don nadies trabajáis para mí.

BETWEEN THE BUTTONS (1967)
Entre los botones (1)

YESTERDAY'S PAPERS (Jagger-Richard)
Periódicos de ayer
MY OBSESSION (Jagger-Richard)
Mi obsesión
BACK STREET GIRL (Jagger-Richard)
Chica de los barrios bajos
WHO'S BEEN SLEEPING HERE? (Jagger-Richard)
¿Quién ha estado durmiendo aquí?
MISS AMANDA JONES (Jagger-Richard)
Señorita Amanda Jones
SOMETHING HAPPENED TO ME YESTERDAY (Jagger-
Richard)
Algo me pasó ayer

(1) Pero recuerda que el peyote también tiene botones, y que debajo de los botones del pantalón hay otros botones.

YESTERDAY'S PAPERS

Who wants yerterday's papers?
Who wants yerterday's girl?
Who wants yerterday's papers?
Nobody in the world

After this time I finally learnt
After the pain and hurt
After all this, what have I achieved?
I've realised it's time to leave

'cause who wants yesterday's papers?
Who wants yesterday's girl?
Who wants yesterday's papers?
Nobody in the world

Living a life of constant change
Every day means a turn of page
Yesterday's papers are such bad news
The same thing applies to me and you

Who wants yersterday's papers?
Who wants yesterday's girl?
Who wants yesterday' papers?
Nobody in the world

Seems very hard to have just one girl
When ther's a million in the world
All of these people just can't wait
To fall right into their big mistake

Who wants yesterday's papers?
Who wants yesterday's girl?
Who wants yesterday's papers?
Nobody in the world.

PERIODICOS DE AYER

¿Quién quiere periódicos de ayer?
¿Quién quiere una chica de ayer?
¿Quién quiere periódicos de ayer?
Nadie en el mundo

Después de esta vez el fin he aprendido
Después del dolor y la herida
Después de todo esto, ¿qué he conseguido?
He comprendido que es hora de irme

Porque ¿quién quiere periódicos de ayer?
¿Quién quiere una chica de ayer?
¿Quién quiere periódicos de ayer?
Nadie en el mundo

Vivir una vida en constante cambio
Cada día significa una vuelta de página
Los periódicos de ayer son tan malas noticias
Lo mismo es aplicable para mí y para ti

¿Quién quiere periódicos de ayer?
¿Quién quiere una chica de ayer?
¿Quién quiere periódicos de ayer?
Nadie en el mundo

Parece muy duro tener sólo una chica
Cuando hay un millón en el mundo
Toda esa gente no puede esperar otra cosa
Que caer en su gran error

¿Quién quiere periódicos de ayer?
¿Quién quiere una chica de ayer?
¿Quién quiere periódicos de ayer?
Nadie en el mundo.

MY OBSESSION

My obsession is your possession
Every piece that I can get
My obsession is your possession
Till my mouth is soaking wet
I think I blew it by confession

You can't dodge it, it's simple logic
You'd better off with me
And you'll know it when you've lost it
Lonely

My obsession is your possession
Are you smiling in my way?
My obsession is your possession
One that you should give away
Give it to me now I've no objection

I don't mind if it's unkind
And it's not my property
But I want it just to be mine
Exclusively

You need teaching, you're a girl
There are things in this world
That need theaching with discretion
My profession

My obsession is your possession
Are you used to the idea?
My obsession is your possession
Do you feel at home right here?
You should relax is my impression

MI OBSESION

Mi obsesión es tu posesión
Cada pedazo que pueda conseguir
Mi obsesión es tu posesión
Hasta que mi boca esté empapada
Creo que la confesión lo echó a perder

No puedes evitarlo, es simple lógica
Te iría mejor conmigo
Y lo sabrás cuando lo hayas perdido
Sola

Mi obsesión es tu posesión
¿Sonríes como yo?
Mi obsesión es tu posesión
Algo que debes regalar
Dámela ahora que no pongo objeción

No me preocupa ser cruel
Y que no sea de mi propiedad
Pero quiero que sea sólo mía
Exclusivamente

Necesitas que te enseñen, eres una chica
Hay cosas en este mundo
Que necesitan enseñarse con discreción
Mi profesión

Mi obsesión es tu posesión
¿Te has acostumbrado a la idea?
Mi obsesión es tu posesión
¿Te sientes aquí en casa?
Debes relajarte, es mi impresión

Didn't see you were so young
I could almost be your son
Please turn in my direction
No objection.

BACK STREET GIRL

I don't want you to be high
I don't want you to be down
Don't want to tell you no lies
Just want you to be around
Please come right up to my ears
You will be able to hear what I say
Don't want you part of my world
Just you be my back street girl

Please don't be part of my life
Please keep yourself to yourself
Please don't bother my wife
That way you won't get no help
Don't try to ride on my horse
You're rather common and coarse anyway
Don't want you part of my world
Just you be my back street girl

Please don't call me at home
Please don't come knocking at night
Please never ring on the phone
Your manners are never quite right
Please take the favours I grant
Curtsy and look nonchalant just for me
Don't want you part of my world
Just you be my back street girl
Just you be my back street girl.

¿No viste que eras muy joven?
Yo casi podía ser tu hijo
Por favor gírate en mi dirección
Sin objeción.

CHICA DE LOS BARRIOS BAJOS

No quiero que estés alta
No quiero que estés baja
No quiero decirte mentiras
Sólo quiero que estés cerca
Por favor acércate a mis orejas
Podrás oír lo que digo
No te quiero como parte de mi mundo
Sólo sé mi chica de los barrios bajos

Por favor no seas parte de mi vida
Por favor guárdate para ti misma
Por favor no molestes a mi esposa
Así no sacarás nada
No intentes montar mi caballo
Al fin y al cabo eres más bien vulgar y basta
No te quiero como parte de mi mundo
Sólo sé mi chica de los barrios bajos

Por favor no me llames a casa
Por favor no vengas a llamar de noche
Por favor no llames nunca por teléfono
Tus modales no son muy buenos
Por favor acepta los favores que te ofrezco
Haz una reverencia y muestra indiferencia hacia mí
No te quiero como parte de mi mundo
Sólo sé mi chica de los barrios bajos
Sólo sé mi chica de los barrios bajos.

WHO'S BEEN SLEEPING HERE?

What d'you say, girl? you say what is wrong
You must be joking, you was led along
But the butler, the baker, the laughing cavalier
Will tell me now who's been sleeping here

I wanna know... tell me
Who's been sleeping here

What d'you say, girl, who'd you see that night?
Oh I was doing, doing something right
But the soldier, the sailor, and then there's the three
musketeers
They will tell me now who's been sleeping here

Did I ever tell you... I wanna know, baby
Who's been sleeping here

Don't you look like, like a Goldilocks?
There must be somewhere, somewhere you can stop
There's the noseless olf newsboy, the old British brigadier
They'll tell me now who's been sleeping here

Who's been eating, eating off my plate?
Who will tell me, who'll investigate?
There's the sergeants, the soldiers, the cruel old grenadiers
They'll tell me now who's been sleeping here

'cause I wanna know who's been sleeping here tonight
Was it your mammy or daddy who's been sleeping here
Was it your auntie or uncle who's been sleeping here
Was it your boyfriend or girlfriend who's been sleeping here?

¿QUIEN HA ESTADO DURMIENDO AQUI?

¿Qué dices, chica?, eso es una mentira
Debes estar bromeando, que fuiste arrastrada
Pero el mayordomo, el panadero, el risueño caballero
Me dirán ahora quién ha estado durmiendo aquí

Quiero saber... dimelo
Quién ha estado durmiendo aquí

¿Qué dices, chica?, ¿a quién viste esa noche?
Oh yo estaba haciendo, haciendo algo bueno
Pero el soldado, el marinero, y después están los tres
                                                    mosqueteros
Ellos me dirán ahora quién ha estado durmiendo aquí

¿Te lo he dicho ya... que quiero saber, nena
Quién ha estado durmiendo aquí?

¿No será como un, como un ranúnculo?
Debe haber algún lugar, algún lugar donde puedas parar
Está el desnarigado chico de los periódicos, el viejo general
                                                    inglés
Ellos me dirán ahora quién ha estado durmiendo aquí

¿Quién ha estado durmiendo, gastando mi plato?
¿Quién me lo dirá, quién investigará?
Están los sargentos, los soldados, los viejos y crueles
                                                    granaderos
Ellos me dirán ahora quién ha estado durmiendo aquí

Porque quiero saber quién ha estado durmiendo aquí esta
                                                    noche
¿Fue tu mamá o tu papá quien estuvo durmiendo aquí?
¿Fue tu tía o tu tío quien estuvo durmiendo aquí?
¿Fue tu amigo o tu amiga quien estuvo durmiendo aquí?

MISS AMANDA JONES

Down and down she goes
Little Miss Amanda Jones
I said down and down and down and down
She'd look really lovely at home
Till somebody gonna come up and ask her
To live happily ever after
Miss Amanda Jones

On and on she goes
Little Miss Amanda Jones
I said on and on and on and on
Just watch her as she grows
Dont's want to say it very obviously
But she's losing her nobility
Miss Amanda Jones

Hey girl don't you realize
The money invested in you?
Hey girl you've just got to find someone
Who'll really pull your family through

Up and up she goes
The Hon Amanda Jones
I said up and up and up and up
She looks quite delighfully stoned
She's the darling of the discotheque crowd
Of her lineage she's rightfully proud
Miss Amanda Jones

Hey girl with your nonsense nose
Pointing right down at the floor
Hey girl you suspender shows
And the girl behind you looks a bit unsure

SEÑORITA AMANDA JONES

Abajo y abajo ella va
La pequeña Señorita Amanda Jones
Dije abajo y abajo y abajo y abajo
Parecerá realmente dichosa en casa
Hasta que aparezca alguien y le pida
Vivir felizmente desde ese momento
Señorita Amanda Jones

Arriba y arriba ella va
La pequeña Señorita Amanda Jones
Dije arriba y arriba y arriba y arriba
Sólo mírala cómo crece
No quiero decirlo muy claramente
Pero está perdiendo su nobleza
Señorita Amanda Jones

Hey chica ¿no te das cuenta
Del dinero que hay invertido en ti?
Hey chica, has encontrado a alguien
Que va a sacar a tu familia del apuro

Alto y alto ella va
La dulce Amanda Jones
Dije alto y alto y alto y alto
Parece deliciosamente borracha
Es la querida del mogollón de la discoteca
De su linaje está verdaderamente orgullosa
Señorita Amanda Jones

Hey chica, con tu absurda nariz
Señalando el suelo
Hey chica, con tus shows de ligas
Y la chica detrás tuyo parece un poco insegura

Round and round she goes
Little Miss Amanda Jones
I said round and round and round and round
To the balls and dinners and shows
The little girl she just wanders about
Till it's time for her coming out
Miss Amanda Jones.

SOMETHING HAPPENED TO ME YESTERDAY

Something happened to me yesterday
Something I can't speak of right away
Something happened to me
Something oh so groovy!
Something happened to me yesterday

He don't know if it's right or wrong
Maybe he should tell someone
He's not sure just what it was
Or if it's against the law
Something

Something very strange I hear you say
You're talking in a most peculiar way
But something really threw me
Someting oh so groovy!
Something happened to me yesterday

De aquí a allá ella va
La pequeña Señorita Amanda Jones
Dije de aquí a allá y de aquí a allá
A los bailes y cenas y shows
La pequeña chica sólo corretea
Hasta que es su hora de salir
Señorita Amanda Jones.

ALGO ME PASO AYER

Algo me pasó ayer
Algo de lo que no puedo hablar fácilmente
Algo me pasó
Algo ¡oh tan enrollado!
Algo me pasó ayer

No sabe si está bien o mal
Quizá deba contárselo a alguien
No está seguro de lo que fue
O si va contra la ley
Algo

Algo muy extraño te oigo decir
Hablas de una manera muy peculiar
Pero algo realmente me chocó
Algo ¡oh tan enrollado!
Algo me pasó ayer

He don't know just where it's gone
He don't really care at all
No one's sure just what it was
Or the meaning, end and cause
Something

He don't know if it's right or wrong
Maybe he should tell someone
He's not sure just what it was
Or if it's against the law
Something

Someone says there's something more to pay
For sins that you committed yesterday
It's really rather drippy
But something oh so trippy!
Something happened to me yesterday

He dont's know just where it's gone
He don't really care at all
No one's sure just what it was
Or the meaning, end and cause
Something

Someone's singing loud across the bay
Sitting on a mat about to pray
Isn't half as loony
As something oh so groovy!
Something happened to me yesterday

He don't know it it's right or wrong
Maybe he shoul tell someone
He's not sure just what it was
Or it it's against the law
Something

No sabe qué fue de ello
En realidad le da igual
Nadie está seguro de lo que fue
O el significado, el fin y la causa
Algo

No sabe si está bien o mal
Quizá deba contárselo a alguien
No está seguro de lo que fue
O si va contra la ley
Algo

Alguien dice que se ha de pagar más
Por los pecados cometidos ayer
Es algo más bien chorreante
Pero algo ¡oh tan tripante!
Algo me pasó ayer

No sabe qué fue de ello
En realidad le da igual
Nadie está seguro de lo que fue
O el significado, el fin y la causa
Algo

Alguien está cantando en voz alta en la bahía
Sentados en una estera a punto de rezar
No es tanto de locos
Para ser algo ¡oh tan enrollado!
Algo me pasó ayer

No sabe si está bien o mal
Quizá debe contárselo a alguien
No está seguro de lo que fue
O si va contra la ley
Algo

Well thank you very much
Now I think it's time for us all to go
So from all of us to all of you
Not forgetting the boys in the band
And our producer Redge Tolphe
We'd like to say God bless
So if you're out tonight
Don't forget if you're on your bike
Wear white
Evening

Bien, muchas gracias
Ahora creo que es hora de irnos
Así pues de todos nosotros a todos vosotros
Sin olvidar a los chicos de la banda
Y a nuestros productor Redge Tolphe
Queremos deciros Dios os bendiga
Así pues si salís esta noche
No olvidéis si vais en bici
Ir vestidos de blanco
Adios.

THEIR SATANIC MAJESTIES REQUEST (1967)
El ruego de sus satánicas majestades

CITADEL (Jagger-Richard)
Ciudadela
IN OTHER LAND (Wyman)
En otra tierra
2000 MAN (Jagger-Richard)
Hombre del año 2000
SING THIS ALL TOGETHER (SEE WHAT HAPPENS)
(Jagger-Richard)
Cantemos esto todos juntos (a ver qué pasa)
SHE'S RAINBOW (Jagger-Richard)
Ella es un arco iris
2000 LIGHT YEARS FROM HOME (Jagger-Richard)
A 2000 años luz de casa

CITADEL

Men at arms shout "Who goes there?"
Whe have journeyed far from here
Armed with bibles make us swear

Candy and Cathy, hope you both are well
Please come and see me in the citadel

Flags are flying dollar bills
From the heights of concrete hills
You can see the pinnacles

Candy and Cathy, hope you both are well
Please come and see me in the citadel

In the streets of many walls
Here the peasants come and crawl
You can hear their numbers called

Candy and Cathy, hope you both are well
Please come and see me in the citadel

Screaming people fly so fast
In their shiny metal cars
Through the woods of steel and glass

Candy and Cathy, hope you both are well
Please come and see me in the citadel.

CIUDADELA

Hombres en armas gritan "¿Quién va ahí?"
Hemos hechos un largo viaje
Armados con biblias que maldecimos

Candy y Cathy, espero que estéis bien
Por favor, venid a verme a la ciudadela

Las banderas tienen izado billetes de dólar
Desde lo alto de concretas colinas
Se puede ver los pináculos

Candy y Cathy, espero que estéis bien
Por favor, venid a verme a la ciudadela

En las calles de muchos muros
Aquí los campesinos llegan y se arrastran
Son llamados por sus números

Candy y Cathy, espero que estéis bien
Por favor, venid a verme a la ciudadela

Gente gritando vuela muy rápido
En sus brillante coches metálicos
A través de los bosques de acero y cristal

Candy y Cathy, espero que estéis bien
Por favor, venid a verme a la ciudadela.

IN OTHER LAND

In another land
Where the breeze and the trees
And the flowers were blue
I stood and held you hand
And the grass grew high
And the feathers floated by
I stood and held your hand
And nobody else's hand will ever do
Nobody else will do

Then I awoke
Was this some kind of joke
Much to my surprise
I opened my eyes

We walked across the sand
And the sea and the sky
And the castles were blue
I stood and held your hand
And the spray flew high
And the feathers floated by
I stood and held you hand
And nobody else's hand will ever do
Nobody else will do

Then I awoke
Was this some kind of joke
Much to my surprise
I opened my eyes

EN OTRA TIERRA

En otra tierra
Donde la brisa y los árboles
Y las flores eran azules
Estuve y cogí tu mano
Y la hierba crecía alta
Y las plumas flotaban
Estuve y cogí tu mano
Y nunca la mano de otro lo hará
Nadie más lo hará

Entonces me desperté
¿Qué clase de broma era ésa?
Con gran sorpresa
Abrí los ojos

Caminamos por la arena
Y el mar y el cielo
Y los castillos eran azules
Estuve y cogí tu mano
Y la espuma volaba alto
Y las plumas flotaban
Estuve y cogí tu mano
Y nunca la mano de otro lo hará
Nadie más lo hará

Entonces me desperté
¿Qué clase de broma era ésa?
Con gran sorpresa
Abrí los ojos

We heard the trumpets blow
And the sky turned grey
When I accidently said
That I didn't know
How I came to be there
Not fast asleep in bed
I stood and held your hand
And nobody else's hand will ever do
Nobody else will do

Then I awoke
Was this some kind of joke
Much to my surprise
I opened my eyes.

2000 MAN

Well, my name is a number, a piece of plastic film
And I grow tiny flowers on my little window sill
Don't you know I'm the two thousand man?
And my kids they just don't understand me at all

Though my wife still respects me I really missue her
I am having an affair with a random computer
Don't you know I'm the two thousand man?
And my kids they just don't understand me at all

Oh daddy, be proud of your planet
Oh mummy, be proud of your planet
Oh daddy, be proud of your planet
Oh mummy, be proud of your sun

Oímos las trompetas sonar
Y el cielo se volvió gris
Cuando sin querer dije
Que no sabía
Cómo había llegado hasta allí
Sin estar profundamente dormido en la cama
Estuve y cogí tu mano
Y nunca la mano de otro lo hará
Nadie más lo hará

Entonces me desperté
¿Qué clase de broma era ésa?
Con gran sorpresa
Abrí los ojos.

HOMBRE DEL AÑO 2000

Bien, mi nombre es un número, un pedazo de película plástica
Y cultivo minúsculas flores en mi pequeño alféizar
¿No sabes que soy el hombre del año 2000?
Y mis hijos no me entienden lo más mínimo.

Aunque mi esposa todavía me respeta, yo la maltrato
Tengo una historia con una computadora fortuita
¿No sabes que soy el hombre del año 2000?
Y mis hijos no me entienden lo más mínimo

Oh papi, siéntete orgulloso de tu planeta
Oh mami, siéntete orgullosa de tu sol
Oh papi, siéntete orgulloso de tu planeta
Oh mami, siéntete orgullosa de tu sol

Oh daddy, is your brain still flashing
Like it did when you were young?
Or did you come down crashing
Seeing all the things you done?
Oh, it's a big put-on

Oh daddy, be proud of your planet
Oh mummy, be proud of your sun
Oh daddy, be proud of your planet
Oh mummy, be proud of your sun

And you know who's the two thousand man
And your kids they just won't understand you at all.

SING THIS ALL TOGETHER (SEE WHAT HAPPENS)

Why don't we sing the song all together
Open our minds, let the pictures come
And if we close all our eyes together
Then we will see where we all come from

Pictures of us spin the circling sun
Pictures of us show that we're all one.

Oh papi, ¿brilla todavía tu cerebro
Como lo hacía cuando eras joven?
¿O te estrellaste en añicos
Al ver las cosas que habías hecho?
¡Oh, es una gran farsa!

Oh papi, siéntete orgulloso de tu planeta
Oh mami, siéntete orgullosa de tu sol
Oh papi, siéntete orgulloso de tu planeta
Oh mami, siéntete orgullosa de tu sol

Y ya sabes quién es el hombre del año 2000
Y tus hijos no te entenderán lo más mínimo.

CANTEMOS ESTO TODOS JUNTOS (A VER QUE PASA)

Por qué no cantamos la canción todos juntos
Abramos nuestras mentes, dejemos venir las imágenes
Y si cerramos todos nuestros ojos a la vez
Entonces veremos de dónde venimos

Imágenes nuestras giran alrededor del sol circular
Imágenes nuestras muestran que todos somos uno.

SHE'S A RAINBOW

She comes in colours everywhere
She combs her hair
She's like a rainbow
Combing colours in the air everywhere
Seh comes in colours

Have you seen her dressed in blue?
She the sky in front of you
And her face is like a sail
Speck of white so fair and pale
Have you seen a lady fairer?

She comes in colours everywhere
She combs her hair
She's like a rainbow
Combing colours in the air everywhere
She comes in colours

Have you seen her all in gold?
Like a queen in days of old
She shoots colours all around
Like a sunset going down
Have you seen a lady fairer?

She comes in colours everywhere
She combs her hair
She's like a rainbow
Combing colours in the air everywhere
She comes in colours.

ELLA ES UN ARCO IRIS

Ella aparece con colores por todas partes
Peina su pelo
Es como un arco iris
Peinando colores en el aire, por todas partes
Aparece con colores

¿La has visto vestida de azul?
Mira el cielo enfrente tuyo
Y su rostro es como una vela
Una mota blanca tan hermosa y pálida
¿Has visto una dama más hermosa?

Ella aparece con colores por todas partes
Peina su pelo
Es como un arco iris
Peinando colores en el aire, por todas partes
Aparece con colores

¿La has vito toda de oro?
Como una reina de días antiguos
Salpica colores a su alrededor
Como un ocaso descendiendo
¿Has visto una dama más hermosa?

Ella aparece con colores por todas partes
Peina su pelo
Es como un arco iris
Peinando colores en el aire, por todas partes
Aparece con colores.

2000 LIGHT YEARS FROM HOME

Sun turning round with graceful motion
We're setting off with soft explosion
Bound for a star with fiery oceans

It's so very lonely
You're a hundred light years from home

Freezing red deserts turn to dark
Energy in every part

It's so very lonely
You're six hundred light years from home

It's so very lonely
You're one tousand light years from home

It's so very lonely
You're one thousand light years from home

Bill Flight Fourteen you now can land
See you on Aldebaran
Safe on the green desert land

It's so very lonely
You're two thousand light years from home

It's so very lonely
You're two thousand light years from home.

A 2000 AÑOS LUZ DE CASA

El sol gira con grácil movimiento
Nosotros partimos con una suave explosión
Rumbo a una estrella con ardientes océanos

Es tan solitario
Estar a cien años luz de casa

Rojos desiertos helados se oscurecen
Energía en todas partes

Es tan solitario
Estar a seiscientos años luz de casa

Es tan solitario
Estar a mil año luz de casa

Es tan solitario
Estar a mil años luz de casa

Bill del Vuelo Catorce, puede amerizar
Te veré en Aldebarán (1)
A salvo en la tierra del desierto verde

Es tan solitario
Estar a dos mil años luz de casa

Es tan solitario
Estar a dos mil años luz de casa.

81) "Aldebarán": estrella de la constelación de Tauro.

BEGGARS BANQUET (1968)
Banquete de mendigos

SYMPATHY FOR THE DEVIL (J-R)
Simpatía por el diablo
NO EXPECTATIONS (J-R)
Sin espectativas
STREET FIGHTING MAN (J-R)
Luchador callejero
PRODIGAL SON (J-R/Arreglo tradicional)
El hijo pródigo
THE SALT OF THE EARTH (J-R)
La sal de la tierra

SYMPATHY FOR THE DEVIL

Please allow me to introduce myself
I'm a man of wealth and taste
I've been around for long, long years
Stolen many a man's soul and faith
I was around when Jesus Christ had his moment of doubt and
pain
I made damn sure that Pilate
Whased his hands and sealed his fate

Pleased to meet you
Hope you guess my name
But what's puzzling you
Is the nature of my game

I stuck around St. Peterburg
When I saw it was time for a change
I killed the tzar and his ministers
Anastasia screamed in vain
I rode a tank, held a general's rank
When the blitzkrieg raged and the bodies stank

Pleased to meet you
Hope you guess my name
But what's puzzling you
Is the nature of my game

I watched with glee while your kings and queens
Fought for ten decades for the gods they made
I shouted out "Who killed the Kennedy's?"
When after all it was you and me
Let me please introduce myself
I'm a man of wealth and taste
And I lay traps for troubadours
Who get killed before they reach Bombay

SIMPATIA POR EL DIABLO

Por favor permite que me presente
Soy un hombre de riquezas y buen gusto
Ando rodando desde hace muchos, muchos años
He robado el alma y la fe de muchos hombres
Yo estaba allí cuando Jesucristo tuvo su momento de duda y
                                                           dolor
Y me aseguré por los infiernos de que Pilatos
Se lavara las manos y sellara su destino

Encantado de conocerte
Espero que sepas mi nombre
Pero lo que te desconcierta
Es la naturaleza de mi juego

Espera en San Petesburgo
Cuando vi que había llegado el momento del cambio
Maté al zar y a sus ministros
Anastasia gritó en vano
Conduje un tanque, tenía la graduación de general
Cuando estalló la guerra relámpago y los cuerpos hedían

Encantado de conocerte
Espero que sepas mi nombre
Pero lo que te desconcierta
Es la naturaleza de mi juego

Miré con alegría mientras vuestros reyes y reinas
Luchaban durante diez décadas por los dioses que crearon
Grité "¿Quién mató a los Kennedy?"
Cuando después de todo fuimos tú y yo
Por favor deja que me presente
Soy un hombre de riquezas y buen gusto
Y tendí trampas a los trovadores (1)
Que murieron antes de llegar a Bombay

(1) "Los Trovadores": muy probable alusión a los Beatles.

125

Pleased to meet you
Hope you guess my name
But what's puzzling you
Is the nature of my game

Just as every cop is a criminal
And all the sinners saints
As heads is tails just call me Lucifer
'cause I'm in need of some restraint
So if you meet me hace some courtesy
Have some sympathy and some taste
Use all you well-learned politesse
Or I'll lay your soul to waste!

Pleased to meet you
Hope you guess my name
But what's puzzling you
Is the nature of my game.

NO EXPECTATIONS

Take me to the station
And put me on a train
I got no expectations
To pass through here again

Once I was a rich man
And now I am so poor
But never in my sweet short life
Have I felt like this before

Your heart is like a diamond
You throw your pearls at swine
And as I watched you leaving me
You packed my peace of mind

Encantado de conocerte
Espero que sepas mi nombre
Pero lo que te desconcierta
Es la naturaleza de mi juego

Igual que cada poli es un criminal
Y todos los pecadores santos
Y cara y cruz es lo mismo, llámame simplemente Lucifer
Pues necesito cierto freno
Así pues si me encuentras, ten un poco de cortesía
Un poco de simpatía y cierta exquisitez
Usa tu bien aprendida educación
¡O haré que se pudra tu alma!

Encantado de conocerte
Espero que sepas mi nombre
Pero lo que te desconcierta
Es la naturaleza de mi juego.

SIN EXPECTATIVAS

Llévame a la estación
Y méteme en un tren
No tengo expectativas
De pasar por aquí otra vez

Una vez fui un hombre rico
Y ahora soy tan pobre
Pero nunca en mi dulce y corta vida
Sentí antes esto

Tu corazón es como un diamante
Echas tus perlas a los cerdos
Y mientras yo miraba cómo te ibas
Tú empaquetabas mi paz de espíritu

127

Our love was like the water
That splashes on a stone
Our love is like our music
It's here and then it's gone

So take me to the airport
And put me on a plane
I've got no expectations
To pass through here again.

STREET FIGHTING MAN

Everywhere I hear the sound
Of marching, charging feet, oh boy
'cause summer's here
And the time is right for fighting in the street, oh boy
But what can a poor boy do
Except to sing for a rock'n roll band
'cause in sleepy London town
There's justo no place for street fighting man
No!

Hey! think the time is right
For a palace revolution
But where I live
The game to play is compromise solution
Well then, what can a poor boy do
Except to sing for a rock'n roll band
'cause in sleepy London town
There's just no place for street fighting man
No!

Nuestro amor fue como el agua
Que salpica a una piedra
Nuestro amor es como nuestra música
Está aquí y después se va

Así pues llévame al aeropuerto
Y méteme en un avión
No tengo expectativas
De pasar por aquí de nuevo.

LUCHADOR CALLEJERO

Por todas partes oigo el ruido
De pies en marcha y a la carga, oh chico
Porque el verano está aquí
Y el tiempo es excelente para peleas callejeras, oh chico
Pero ¿qué puede hacer un pobre chico
Excepto cantar en una banda de rock'n roll?
Porque en la soporífera ciudad de Londres
No hay lugar para un luchador callejero
¡No!

¡Hey! creo que el momento es excelente
Para una revolución de palacio
Pero donde yo vivo
El juego que se lleva es solución de compromiso
Bien, entonces, ¿qué puede hacer un pobre chico
Excepto cantar en una banda de rock'n roll?
Porque en la soporífera ciudad de Londres
No hay lugar para un luchador callejero
¡No!

Hey! said my name is called "disturbance"
I'll shout and scream
I'll kill the king
I'll rail at all his servants
Well what can a poor boy do
Except to sing for a rock'n roll band
'cause in sleepy London town
There's just no place for street fighting man
No!

PRODIGAL SON

Well the poor boy took his father's bread
And started down the road
Started down the road
Took all he had and started down the road
Goin' out in this world where God only knows
And that will be the way to get along

Well the poor boy spent all he had
And famine come in the land
Famine come in the land
Spent all he had and famine come in the land
Said "I believe I'm gonna hire myself to some man
And that will be the way I'll get along"

Well the man said "I'll give you a job
Boy to feed my swine
Boy to feed my swine
I'll give you a job to feed my swine"
And the boy stood there and hung his head and cried
Because that's no way to get along

¡Hey! dije que mi nombre es "jaleo"
Gritaré y chillaré
Mataré al rey
Me quejaré de todos sus criados
Bien, ¿qué puede hacer un pobre chico
Excepto cantar en una banda de rock'n roll?
Porque en la soporífera ciudad de Londres
No hay lugar para un luchador callejero
¡No!

EL HIJO PRODIGO

Bien, el pobre chico cogió el pan de su padre
Y se fue camino abajo
Se fue camino abajo
Cogió todo lo que tenía y se fue camino abajo
A parar a este mundo Dios sabe dónde
Y ésa será la manera de salir adelante

Bien, el pobre chico gastó todo lo que tenía
Y el hambre llega a la tierra.
El hambre llega a la tierra
Gastó todo lo que tenía y el hambre llega a la tierra
Dijo "Creo que iré a trabajar para algún hombre
Y ésa será la manera de salir adelante"

Bien, el hombre dijo "Te daré un trabajo
Chico, dar de comer a los cerdos
Chico, dar de comer a los cerdos
Te daré un trabajo, dar de comer a los cerdos"
Y el chico se quedó allí y agacho la cabeza y lloró
Porque ésa no era manera de salir adelante

Said "I believe I ride
Believe I'll go back home
Believe I'll go back home
Well believe I'll ride, believe I'll go back home
Go down the road as far as I can go
'cause that'll be the way to get along"

Well the father said "See my son coming home to me
Coming home to me"
The father ran and fell down on his knees
He sung and prayed "Lord have mercy on me"

Well the poor boy stood there hung his head and cried
Hung his head and cried
The poor boy stood and hung his head and cried
Said "Father won't you look on me as a child?"

The father said to the eldest son
"Kill the fatted calf and call the family round"
Said "Kill the fatted calf and call the family round"
"My son was lost and now he is found
And that's the way for us to get along".

THE SALT OF THE EARTH

Lets's drink to the hard working people
Let's drink to the lowly of birth
Raise your glass to the good and the evil
Let's drink to the salt of the earth

Say a prayer for the common foot soldier
Spare a thought for his back-breaking work
Say a prayer for his wife and his children
Who burn the fires and who still till the earth

Dijo "Creo que me iré
Creo que volveré a casa
Creo que volveré a casa
Bien, creo que me iré, creo que volveré a casa
Por el camino tan lejos como pueda
Porque ésa será la manera de salir adelante"

Bien, el padre dijo "Veo que mi hijo vuelve a casa
Vuelve a casa conmigo"
El padre corrió y cayó de rodillas
Cantó y rezó "Dios se apiade de mí"

Bien, el pobre chico se quedó allí y agachó la cabeza y lloró
Agachó la cabeza y lloró
El pobre chico se quedó allí y agachó la cabeza y lloró
Dijo "Padre, ¿querrás mirarme como hijo?"

El padre dijo al hijo mayor
"Mata el ternero más gordo y llama a la familia"
Dijo "Mata el ternero más gordo y llama a la familia
Mi hijo estaba perdido y ahora ha sido encontrado
Y así es como saldremos adelante".

LA SAL DE LA TIERRA

Bebamos por la gente que trabaja duro
Bebamos por los de humilde cuna
Levanta tu vaso por el bien y el mal
Bebamos por la sal de la tierra

Di una oración por el soldado raso de a pie
Piensa en su deslomador trabajo
Di una oración por su mujer y sus hijos
Por quien enciende el fuego y quien todavía cultiva la tierra

And when I search a faceless crowd
A swirling mass of grey and black and white
They don't look real to me
In fact they look so strange

Raise your glass to the hard working people
Let's drink to the uncounted heads
Let's think of the wavering millions
Who need leaders but get gamblers instead

Spare a thought for the stay-at-home-voter
His empty eyes gaze at strange beauty shows
And a parade of grey suited grafters
A choice of cancer or polio

And when I look into a faceless crowd
A swirling mass of grey and black and white
They don't look real to me
In fact they look so strange

Let's drink to the hard working people
Let's drink to the lowly of birth
Spare a thought for the ragtaggy people
Let's drink to the salt of the earth

Let's drink to the hard working people
Let's drink to the salt of the earth
Let's think of the two thousand million
Let's think of the humble of birth.

Y cuando examino una multitud sin rostro
Una arremolinada masa gris, negra y blanca
No me parecen reales
De hecho me resultan extraños

Levanta tu vaso por la gente que trabaja duro
Bebamos por las incontables cabezas
Pensemos en los vacilante millones
Que necesitan líderes pero luego resultan jugadores

Piensa en el votante casero
Sus ojos clavándose en shows de extraña belleza
Y un desfile de estafadores con traje gris
Una elección de cáncer o polio

Y cuando miro un multitud sin rostro
Una arremolinada masa gris, negra y blanca
No me parecen reales
De hecho me resultan extraños

Bebamos por la gente que trabaja duro
Pensemos en los de humilde cuna
Pensemos en la chusma
Bebamos por la sal de la tierra

Bebamos por la gente que trabaja duro
Bebamos por la sal de la tierra
Pensemos en los dos mil millones
Pensemos en los de humilde cuna.

SINGLES
Sencillos

BYE BYE JOHNNY (1964) (Berry)
Adiós Johnny
POISON IVY (1964) (Leiber-Stoller)
Hiedra venenosa
IT'S ALL OVER NOW (1964) (B & S. Womack)
Ahora todo ha terminado
GOOD TIMES, BAD TIMES (1964) (J-R)
Buenos tiempos, malos tiempos
AROUND AND AROUND (1964) (Berry)
Vueltas y vueltas
LITTLE RED ROOSTER (1964) (Dixon)
Gallito rojo
THE LAST TIME (1965) (J-R)
La última vez
SATISFACTION (1965) (J-R)
Satisfacción
THE SPIDER AND THE FLY (1965) (Nanker-Phelge)
La araña y la mosca
GET OFF OF MY CLOUD (1965) (J-R)
Fuera de mi nube
19th NERVOUS BREAKDOWN (1966) (J-R)
19 crisis nerviosa
PAINT IT BLACK (1966) (J-R)
Píntalo de Negro
LET'S SPEND THE NIGHT TOGETHER (1967) (J-R)
Pasemos la noche juntos
RUBY TUESDAY (1967) (J-R)
Rubí del martes
WE LOVE YOU (1967) (J-R)
Te amamos
JUMPIN' JACK FLASH (1968) (J-R)
Jack Flash el saltarín
HONKY TONK WOMEN (1969) (J-R)
Mujeres de los antros

BYE BYE JOHNNY

Well she drew out all our money at the southern trust
And put our little boy aboard a greyhound bus
Leavin' Louisiana for the golden West
Down came the tears from her happiness
Her own little son named Johnny B. Goode
Was gonna make some motion pictures out in Hollywood

Bye bye, bye bye
Bye bye, bye bye
Bye bye Johnny
Bye bye Johnny B. Goode

She remembered takin' money out from gatherin' crop
And buyin' Johnny's guitar at a broker's shop
As long as he could play it by the railroad side
Wouldn't get in trouble she'd be satisfied
But never thought there'd come a day like this
When she would have to give her son a goodbye kiss

Bye bye, bye bye
Bye bye, bye bye
Bye bye Johnny
Bye bye Johnny B. Goode

Well she finally got the letter she was dreaming of
Johnny wrote and told her he had fallen in love
As soon as he was married he would bring her back
And build a mansion for them by the railroad track
And every time they'd hear the locomotive roar
They'd be standin' and a waitin' by the kitchen door

ADIOS JOHNNY

Bueno ella sacó todo nuestro dinero de la compañía sureña
Y metió a nuestro chico en un autobús lebrel
Dejaba Louisiana rumbo al Oeste dorado
Le brotaron lágrimas de felicidad
Su propio hijo llamado Johnny B. Goode
Se iba a Hollywood a hacer películas

Adiós, adiós
Adiós, adiós
Adiós Johnny
Adiós Johnny B. Goode (1)

Recordó cuando cogió el dinero de la cosecha
Y compró la guitarra de Johnny en la tienda de empeños
Mientras pudiera tocarla junto a la vía del tren
No se metería en líos y ella estará contenta
Pero nunca pensó que llegaría este día
En que tendría que darle un beso de despedida

Adiós, adiós
Adiós, adiós
Adiós Johnny
Adiós Johnny B. Goode

Bien, al final recibió la carta con la que soñaba
Johnny escribió y le dijo que se había enamorado
Tan pronto como se casara volvería con ella
Y se harían una gran casa junto a la vía del tren
Y cada vez que oyera rugir la locomotora
Se quedarían esperando junto a la puerta de la cocina

(1) "Johnny B. Goode" o "Johnny be good", cuya pronunciación es casi idéntica, y significaría "Johnny sé bueno".

Bye bye, bye bye
Bye bye, bye bye
Bye bye Johnny
Bye bye Johnny B. Goode.

POISON IVY

She comes on like a rose
And everybody knows
She'll get you in dutch
You can look but you better not touch

Poison ivy, poison ivy
Late at night while you're sleepin'
Poison ivy comes a-creepin' all around

She's pretty as a daisy
But look out man, she's crazy
She'll really do you in
If you let her get under your skin

Poison ivy, poison ivy
Late at night while you're sleepin'
Poison ivy comes a-creepin' all around

Measles make you bumpy, mumps'll make you lumpy
Chicken pox make you jump and twitch
Common cold'll clus you and whoopin' cough'll cool you
Brother, neither one will make you itch

Adiós, adiós
Adiós, adiós
Adiós Johnny
Adiós Johnny B. Goode.

HIEDRA VENENOSA

Ella crece como una rosa
Y todos lo saben
Te meterá en chirona
Puedes mirar pero mejor no toques

Hiedra venenosa, hiedra venenosa
Por la noche cuando estés durmiendo
La hiedra venenosa entra arrastrándose por todas partes

Es tan bonita como una margarita
Pero ¡cuidado tío! está loca
Te la pegará
Si dejas que se meta en tu piel

Hiedra venenosa, hiedra venenosa
Por la noche cuando estés durmiendo
La hiedra venenosa entra arrastrándose por todas partes

El sarampión te llena de bollos, las paperas de grumos
La varicela te hace saltar y mover espasmódicamente
El catarro te aporrea y la tosferina te enfría
Hermano, con ninguna sientes picor

Gonna need an ocean of calamine lotion
You'll be scratchin' like a hound
The minute you start to mess around

Poison ivy, poison ivy
Late at night while you're sleepin'
Poison ivy comes a-creepin' all around.

IT'S ALL OVER NOW

Well my baby used to stay out all night long
She made me cry, she done me wrong
She hurt my eyes open, that's no lie
Table's turnin' now's her time to cry
Because I used to love her
But ti's all over now
Because I used to love her
But it's all over now

Well she used to run around with every man in town
Spend all my money playin' her high class games
She put me out it was a pity how I cried
Table's turnin' now's her time to cry
Because I used to love her
But it's all over now
Because I used to love her
But it's all over now

Voy a necesitar un océano de loción de calamina
Te rascarás como un perro
En cuanto empieces a divertirte

Hiedra venenosa, hiedra venenosa
Por la noche cuando estés durmiendo
La hiedra venenosa entra arrastrándose por todas partes.

AHORA TODO HA TERMINADO

Bueno, mi chica no volvía a casa en toda la noche
Me hacía llorar, me hacía daño
Hería a mis ojos abiertos, no es ninguna mentira
Ahora la pelota le ha sido devuelta y es su turno de llorar
Porque yo la amaba
Pero ahora todo ha terminado
Porque yo la amaba
Pero ahora todo ha terminado

Bueno, ella se divertía con todos los hombres de la ciudad
Gastaba todo mi dinero jugando a sus juegos de clase alta
Me mandó a paseo, fue una pena cómo lloraba
Ahora la pelota le ha sido devuelta y es su turno de llorar
Porque yo la amaba
Pero ahora todo ha terminado
Porque yo la amaba
Pero ahora todo ha terminado

Well I used to wake up in the morning, get my breakfast in

                  bed

When I got worried she'd ease my achin' head
But now she's here and there with every man in town
Still tryin' to take me for that same old clown
Because it's all over now
Because I used to love her
But it's all over now.

GOOD TIMES, BAD TIMES

There've been good times, there've been bad times
I've had my share of hard times too
But I lost my faith in the world
Honey, when I lost you

Remember the good times we had together
Don't you want then back again
Though these hard times are bugging me now
I know now it's the same

There's gotta be trust in this world
Or it won't get very far
Well trust in someone
Or just gonna be war.

Bueno, yo me despertaba por la mañana y desayunaba en
la cama
Cuando estaba preocupado ella aliviaba mi cabeza afligida
Pero ahora va aquí y allá con todos los hombres de la
ciudad
Todavía intenta tomarme por el mismo payaso de antes
Porque yo la amaba
Pero ahora todo ha terminado
Porque yo la amaba
Pero ahora todo ha terminado.

BUENOS TIEMPOS, MALOS TIEMPOS

Han habido buenos tiempos, han habido malos tiempos
También he tenido mi parte de tiempos duros
Pero perdí la fe en el mundo
Cariño, cuando te perdí

Recuerda los buenos tiempos que compartimos
¿No te gustaría recuperarlos?
Aunque estos tiempos duros me estén chinchando
Ahora sé que es lo mismo

Tiene que haber confianza en este mundo
O no iremos muy lejos
Bien, confía en alguien
O habrá guerra.

145

AROUND AND AROUND

I said the joint was rockin'
Goin' round and round
A reelin' and a rockin'
What a crazy sound
And they never stopped rockin'
Till the moon went down

Well it sounded so sweet
I had to take me a chance
Rose out of my seat
I just had to dance
Started moving my feet
Oh a clapping my hands

I said the joint was rockin'
Goin' round and round
A reelin' and a rockin'
What a crazy sound
And they never stopped rockin'
Till the moon went down

Yeah at twelve o'clock
Yeah the place was packed
Front doors was locked
Yeah the place was packed
And when the police knocked
Those doors flew back

I said the joint was rockin'
Goin' round and round
A reelin' and a rockin'
What a crazy sound
And they never stopped rockin'
Till the moon went down.

146

VUELTAS Y VUELTAS

Dije que el antro estaba sacudiéndose
Dando vueltas y vueltas
Tambaleándose y sacudiéndose
¡Qué ruido tan loco!
Y no dejaron de "roquear"
Hasta que la luna se vino abajo

Aquello sonaba tan dulce
Que tenía que darme una oportunidad
Me levanté del asiento
Y me puse a bailar
Empecé a mover los pies
Oh dando palmas con las manos

Dije que el antro estaba sacudiéndose
Dando vueltas y vueltas
Tambaleándose y sacudiéndose
¡Qué ruido tan loco!
Y no dejaron de "roquear"
Hasta que la luna se vino abajo

Sí, a las doce en punto
El lugar estaba a tope
Cerraron las puertas principales
Sí, el lugar estaba a tope
Y cuando llamó la policía
Las puertas volaron

Dije que el antro estaba sacudiéndose
Dando vueltas y vueltas
Tambaleándose y sacudiéndose
¡Qué ruido tan loco!
Y no dejaron de "roquear"
Hasta que la luna se vino abajo.

LITTLE RED ROOSTER

I am the little red rooster
Too lazy to crow the day
I am the little red rooster
Too lazy to crow the day
Keep everything in the farmyard
Upset in every way

The dogs begin to barkin'
Hounds begin to howl
The dogs begin to barkin'
Hounds begin to howl
Watch your stray cats people
Little red rooster is on the prowl

If you see my little red rooster
Please drive him home
If you see my little red rooster
Please drive him home
Ain't had no peace in the farmyard
Since my little red rooster's been gone.

GALLITO ROJO

Soy el gallito rojo
Demasiado perezoso para cantar el día
Soy el gallito rojo
Demasiado perezoso para cantar el día
Tengo todo el corral
Patas arriba

Los perros empiezan a ladrar
Los sabuesos empiezan a aullar
Los perros empiezan a ladrar
Los sabuesos empiezan a aullar
Cuidado con vuestros gatos perdidos, tíos
El gallito rojo está de ronda

Si vieras a mi gallito rojo
Por favor, envíalo a casa
Si vieras a mi gallito rojo
Por favor, envíalo a casa
Ya no hay paz en el corral
Desde que el gallito rojo se pegó el piro.

THE LAST TIME

Well I've told you once and I've told you twice
But you never listen to my advice
You don't try very hard to please me
With what you know it should be easy

Well this could be the last time
This could be the last time
Maybe the last time
I don't know
Oh no, oh no

Well I'm sorry girl but I can't stay
Feelin' like I do today
It's too much pain and too much sorrow
Guess I'll feel the same tomorrow

Well this could be the last time
This could be the last time
Maybe the last time
I don't know
Oh no, oh no

Well I've told you once and I've told you twice
That someone'll have to pay the price
But here's a change to change your mind
'cause I'll be gone a long long time

Well this could be the last time
This could be the last time
Maybe the last time
I don't know
Oh no, oh no.

LA ULTIMA VEZ

Bien, te lo dije una vez y te lo dije dos
Pero nunca escuchas mi consejo
No te esfuerzas mucho en complacerme
Con lo que sabes que sería fácil

Bien, ésta podría ser la última vez
Esta podría ser la última vez
Quizás la última vez
No lo sé
Oh no, oh no

Lo siento chica pero no puedo quedarme
Tal y como hoy me siento
Hay demasiado dolor, demasiada tristeza
Creo que me sentiré igual mañana

Bien, ésta podría ser la última vez
Esta podría ser la última vez
Quizás la última vez
No lo sé
Oh no, oh no

Bien, te lo dije una vez y te lo dije dos
Que alguien tendrá que pagar el pato
Pero ésta es tu oportunidad para cambiar de idea
Porque yo me habré ido por mucho tiempo

Bien, ésta podría ser la última vez
Esta podría ser la última vez
Quizás la última vez
No lo sé
Oh no, oh no.

SATISFACTION

I can't get no satisfaction
I can't get no satisfaction
And I try and I try
And I try and I try
I can't get no
I can't get no
When I'm drivin' in my car
And that man comes on the radio
And he's tellin' me more and more
About some useless information
Supposed to fire my imagination
I can't get no
Oh no no no
Hey, hey, hey
That's what I say

I can't get no satisfaction
I can't get no satisfaction
And I try and I try
And I try and I try
I can't get no
I can't get no
When I'm watchin' my T.V.
And that man comes on to tell me
How white my shirts can be
Well he can't be a man 'cause he doesn't smoke
The same cigarettes as me
I can't get no
Oh no no no
Hey, hey, hey
That's what I say

SATISFACCION

No puedo encontrar ninguna satisfacción
No puedo encontrar ninguna satisfacción
Y lo intento y lo intento
Y lo intento y lo intento
No puedo encontrar ninguna
No puedo encontrar ninguna
Cuando voy en mi coche
Y aparece ese hombre por la radio
Hablándome más y más
Sobre alguna inútil información
Supuesta a encender mi imaginación
No puedo encontrar ninguna
Oh no no no
Oye, oye, oye
Eso es lo que he dicho

No puedo encontrar ninguna satisfacción
No puedo encontrar ninguna satisfacción
Y lo intento y lo intento
Y lo intento y lo intento
No puedo encontrar ninguna
No puedo encontrar ninguna
Cuando estoy mirando la tele
Y sale ese hombre para decirme
Lo blancas que pueden quedar mis camisas
Pero él no puede ser un hombre porque no fuma
Los mismos cigarrillos que yo
No puedo encontrar ninguna
Oh no no no
Oye, oye, oye
Eso es lo que he dicho

I can't get no satisfaction
I can't get no girl with action
And I try and I try
And I try and I try
I can't get no
I can't get no

When I'm ridin''round the world
And I'm doin' this and I'm signin' that
And I'm tryin' to make some girl
Who tells me baby better come back later next week
'cause you see I'm on a losing streak
I can't get no
Oh, no no no
Hey, hey, hey
That's what I say

I can't get no
I can't get no
I can't get no
Satisfaction
No satisfaction
No satisfaction
No satisfaction.

No puedo encontrar ninguna satisfacción
No puedo encontrar ninguna chica con acción
Y lo intento y lo intento
Y lo intento y lo intento
No puedo encontrar ninguna
No puedo encontrar ninguna

Cuando estoy dando la vuelta al mundo
Y hago esto y firmo aquello
Y trato de convencer a alguna chica
Que me dice, chico, será mejor que vuelvas la próxima
semana
Porque, ya ves, tengo una mala racha
No puedo encontrar ninguna
Oh no no no
Oye, oye, oye
Eso es lo que he dicho

No puedo encontrar ninguna
No puedo encontrar ninguna
No puedo encontrar ninguna
Satisfacción
Ninguna satisfacción
Ninguna satisfacción
Ninguna satisfacción.

THE SPIDER AND THE FLY

Sittin', thinkin', sinkin', drinkin'
Wondering what I'd do when I'm through tonight
Smoking, moping, maybe just hopin'
Some little girl will pass on by
Don't want to be alone
But I love my girl at home
I remember what she said
She said, my my my, don't tell lies
Keep fidelity in your head
My my my, don't tell lies
When you're done you should go to bed
Don't say hi, like a spider to a fly
Jump right ahead and you're dead

Sit up, fed up, low down, go 'round
Down to the bar at the place I'm at
Sitting, drinking, superficially thinking
About the rinsed out blonde on my left
And then I said hi, like a spider to a fly
Remembering what my little girl said

She was common, sturdy, she looked about thirty
I would have run away but I was on my own
She told me later she's a machine operator
She said she liked the way I held the microphone
I said my my, like a spider to a fly
Jump right ahead in my web.

LA ARAÑA Y LA MOSCA

Sentado, pensando, hundiéndome, bebiendo
Preguntándome lo que haré cuando haya acabado esta
noche
Fumando, deprimido, quizás esperando
Que pase alguna chica a mi lado
No quiero estar solo
Pero me encanta que mi chica esté en casa
Recuerdo lo que dijo
Dijo: "Vaya, vaya, vaya, no digas mentiras
Sé fiel de pensamiento
Vaya, vaya, vaya, no digas mentiras
Cuando hayas acabado, vete a la cama
No digas "hola", como la araña a la mosca
"Salta adelante y estás muerta""

Levántate, harto, deprimido, ve a dar una vuelta
Hasta el bar donde estoy
Sentado, bebiendo, pensando superficialmente
En la rubia con reflejo de mi izquierda
Y entonces dije "Hola", como la araña a la mosca
Recordando lo que mi chica dijo

Era vulgar, robusta, aparentaba unos treinta
Tendría que haberme largado pero estaba solo
Me dijo después que era una operaria
Me dijo que le gustaba cómo cogía el micrófono
Yo dije "Vaya, vaya", como la araña a la mosca
"Salta a mi red".

GET OFF OF MY CLOUD

I live in an apartment
On the ninety ninth floor of my block
And I sit at home lookin' out the window
Imaginin' the world has stopped
Then in flies a guy all dressed up like a Union Jack
He says I've won five pounds
If I have this kind of detergent pack
I said hey you get off of my cloud
Hey you get off of my cloud
Hey you get off of my cloud
Don't hang around 'cause two's a crowd
On my cloud, baby

The telephone is ringin'
I say hi, it's me, who's there on the line?
I voice say hi hello, how are you?
Well I guess I'm doing fine
He says it's three a.m. there's too much noise
Don't you people ever want to go bed
Just cause you fell so good
Do you have to drive me out of my head?
I said hey you get off of my cloud
Hey you get off of my cloud
Hey you get off of my cloud
Don't hang around 'cause two's a crowd
On my cloud, baby

FUERA DE MI NUBE

Vivo en un apartamento
En el piso noventa y nueve de mi bloque
Y me siento en casa mirando por la ventana
Imaginando que el mundo se ha parado
Cuando entra un tío volando, vestido como la bandera
                                                    británica
Diciendo que me ganaré cinco libras
Si tengo ese paquete de detergente
Le dijo "Oye, tú, fuera de mi nube
Oye, tú, fuera de mi nube
Oye, tú, fuera de mi nube
No te cuelgues, porque dos es multitud
En mi nube, chico"

Suena el teléfono
Digo "Hola, soy yo, ¿quién habla?
Una voz dice "Hola, ¿cómo estás?"
"Bien, supongo que bien"
El dice "Son las tres, hay mucha marcha"
"Tío, ¿es que nunca pensáis en dormir?
¿Sólo porque os sentís a gusto
Tenéis que sacarme de quicio?"
Le dije "Oye, tú, fuera de mi nube
Oye, tú, fuera de mi nube
Oye, tú, fuera de mi nube
No te cuelgues, porque dos es multitud
En mi nube, chico"

I was sick and tired
Fed up with this and decided to take a drive downtown
It was so very quiet and peaceful
There was nobody not a soul around
I laid myself out
I was so tired and I started to dream
In the morning the parking tickets
Were just like flags stuck on my wind screen
I said hey you get off of my cloud
Hey you get off of my cloud
Hey you get off of my cloud
Don't hang around 'cause two's a crowd
On my cloud, baby.

19th NERVOUS BREAKDOWN

You're the kind of person
You meet at certain dismal dull afairs
Center of a crowd talking much too loud
Running up and down the stairs
Well it seems to me that you've seen
Too much in too few years
And though you try you just can't hide
Your eyes are edged with tears
You better stop
Ah look around
Here it comes, here it comes
Here it comes, here it comes
Here it comes you nineteenth nervous breakdown

Estaba harto
Asqueado de todo eso y decidí darme una vuelta por el
centro
Estaba tan apacible y tranquilo
No había un alma alrededor
Me estiré
Estaba tan cansado y empecé a soñar
Por la mañana las multas de aparcamiento
Estaban como banderas pegadas en mi limpiaparabrisas
Dije "Oye, tú, fuera de mi nube"
Oye, tú, fuera de mi nueve
Oye, tú, fuera de mi nube
No te cuelgues, porque dos es multitud
En mi nube, chico".

19 CRISIS NERVIOSA

Eres la clase de persona
Que encuentras en ciertos sombríos y sordos asuntos
Centro de una multitud hablando demasiado alto
Corriendo escaleras arriba y abajo
Bueno, me parece que has visto
Demasiado en pocos años
Y aunque lo intentes no puedes ocultarlo
Tus ojos están rodeados de lágrimas
Mejor será que te pares
Ah, mira a tu alrededor
Aquí llega, aquí llega
Aquí llega, aquí llega
Aquí llega tu 19 crisis nerviosa

When you were a child you were treated kind
But you're never brought up right
You were overspoilt with a thousand toys
And still you cried all night
Your mother who neglected you
Owes a million dollars tax
And your father's still perfecting
Ways of making sealing wax
You better stop
Look around
Here it comes, here it comes
Here it comes, here it comes
Here it comes you nineteenth nervous breakdown

Oh who's to blame?
That girl's just insane
Well nothing I do seems to work
It only seems to make matters worse
Oh please

You were still in scholl
When you had that fool who really messed your mind
And after that you turned your back
On treating people kind
On our first trip I tried so hard
To rearrange your mind
But after a while I realized
You were disarrangin mine

You better stop
Look around
Here it comes, here it comes
Here it comes, here it comes
Here it comes your nineteenth nervous breakdown

Cuando eras una niña te trataron con cariño
Pero siempre fuiste una malcriada
Te mimaban con mil juguetes
Y aún así llorabas toda la noche
Tu madre te descuidaba
Debe un millón de dólares de impuestos
Y tu padre todavía está perfeccionando
Maneras de hacer lacre
Mejor será que te pares
Mira a tu alrededor
Aquí llega, aquí llega
Aquí llega, aquí llega
Aquí llega tu 19 crisis nerviosa

Oh ¿quién tiene la culpa?
Esa chica está loca
Nada que hago parece funcionar
Sólo parece empeorar las cosas
Oh, por favor

Aún estabas en la escuela
Cuando conociste a aquel idiota que revolvió tus ideas
Después de eso pasaste
De ser amable con la gente
En nuestro primer viaje hice todo lo que pude
Para poner orden en tu mente
Pero después de un tiempo comprendí
Que estabas desordenando la mía

Mejor será que te pares
Mira a tu alrededor
Aquí llega, aquí llega
Aquí llega, aquí llega
Aquí llega tu 19 crisis nerviosa

Oh who's to blame?
That girl's just insane
Well nothing I do seems to work
It only seems to make matters worse
Oh please.

PAINT IT BLACK

I see a red door and I want it painted black
No colours anymore I want them to turn black
I see the girls walk by dressed in their summer clothes
I have to turn my head until my darkness goes

I see a line of cars and they're all painted black
With flowers and my love both never to come back
I see people turn their heads and quickly look away
Like a new born baby it just happens every day

I look inside myself and see my heart is black
I see my red door and I want it painted black
Maybe then I'll fade away and not have to face the facts
It's not easy facing up when your whole world is black

No more will my green sea go turn a deeper blue
I could not foresee this thing happening to you
If I look hard enough into the setting sun
My love will laugh with me before the morning comes

I see a red door and I want it painted black
No colours anymore I want them to turn black
I see the girls walk by dressed in their summer clothes
I have to turn my head until my darkness goes

Oh ¿quién tiene la culpa?
Esa chica está loca
Nada que hago parece funcionar
Sólo parece empeorar las cosas
Oh, por favor.

PINTALO DE NEGRO

Veo una puerta roja y la quiero pintada de negro
Sin colores nunca más, quiero que se vuelvan negros
Veo a las chicas caminando con sus vestidos veraniegos
He de girar la cabeza hasta que mi oscuridad desaparece

Veo una fila de coches y todos están pintados de negro
Con flores y mi amor ambos nunca volverán
Veo a la gente girar las cabezas y rápidamente apartar la
mirada
Como un recién nacido, esto sucede todos los días

Miro en mi interior y veo que mi corazón es negro
Veo mi puerta roja y la quiero pintada de negro
Quizás entonces me esfume y no tenga que enfrentarme a
los hechos
No es fácil hacer frente cuando todo tu mundo es negro

Nunca más mi verde mar se volverá de un azul más intenso
No podría prever que esto te ocurriera a ti
Si miro con insistencia la puesta de sol
Mi amor reirá conmigo antes de que llegue la mañana

Veo una puerta roja y la quiero pintada de negro
Sin colores nunca más, quiero que se vuelvan negros
Veo a las chicas caminando con sus vestidos veraniegos
He de girar la cabeza hasta que mi oscuridad desaparece

I wanna see your face painted black, black as night
I wanna see the sun flyin' high up in the sky
I wanna see it painted, painted, painted, painted black, yeah!

LET'S SPEND THE NIGHT TOGETHER

Don't you worry about what's on your mind, oh my
I'm in no hurry I can take my time, oh my
I'm going red and my tongue's getting tied
I'm off my head and my mouth's getting dry
Ain't high but I try, try, try, oh my
Let's spend the night together
Now I need you more than ever
Let's spend the night together now

I feel so strong that I can't disguise
Oh my, let's spend the night together
But I just can't apologize
Oh no, let's spend the night together
Don't hang me up and don't let me down
We could have fun just groovin' around
Around and around oh my my
Let's spend the night together
Now I need you more than ever
Let's spend the night together
Let's spend the night together
Now I need you more than ever

Quiero ver tu cara pintada de negro, negra como la noche
Quiero ver al sol volando alto arriba en el cielo
Lo quiero ver pintado, pintado, pintado, pintado de negro

¡sí!

PASEMOS LA NOCHE JUNTOS

No te preocupes por lo que tengas en mente, oh vaya
No tengo prisa, puedo tomarme mi tiempo, oh vaya
Me estoy poniendo colorado y la lengua se me enreda
Estoy chiflado y tengo la boca seca
No estoy alto pero lo intento, lo intento, lo intento, oh vaya
Pasemos la noche juntos
Ahora te necesito más que nunca
Pasemos la noche juntos, ahora

Me siento tan fuerte que no puedo disimularlo
Oh vaya, pasemos la noche juntos
Pero no puedo pedir disculpas
Oh no, pasemos la noche juntos
No me cuelgues ni me sueltes
Podríamos divertirnos enrollándonos por ahí
Por ahí y por ahí, oh vaya vaya
Pasemos la noche juntos
Ahora te necesito más que nunca
Pasemos la noche juntos
Pasemos la noche juntos
Ahora te necesito más que nunca

You know I'm smiling, baby
You need some guiding, baby
I'm just deciding, baby
Now I need you more than ever
Let's spend the night together
Let's spend the night together now

This doesn't happen to me every day
Oh my, let's spend the night together
No excuses offered anyway
Oh my, let's spend the night together
I'll satisfy your every need
And now I know you will satisfy me
Oh my my my oh my
Let's spend the night together
Now I need you more than ever
Let's spend the night together now.

RUBY TUESDAY

She would never say where she came from
Yesterday don't matter if it's gone
While the sun is bright
Or in the darkest night
No one knows
She comes and goes

Goodbye Ruby Tuesday
Who could hang a name on you
When you change with every new day
Still I'm gonna miss you

¿Sabes?, estoy sonriendo, nena
Necesitas alguien que te guíe, nena
Lo estoy decidiendo, nena
Ahora te necesito más que nunca
Pasemos la noche juntos
Pasemos la noche juntos, ahora

Esto no me pasa cada día
Oh vaya, pasemos la noche juntos
No hay excusa que valga
Oh vaya, pasemos la noche juntos
Yo satisfaré todas tus necesidades
Y ahora sé que tú me satisfarás a mí
Oh vaya, vaya, vaya, oh vaya
Pasemos la noche juntos
Ahora te necesito más que nunca
Pasemos la noche juntos, ahora.

RUBI DEL MARTES

Nunca dijo de dónde venía
El ayer no importa si ya se ha ido
Mientras el sol brilla
O en la noche más oscura
Nadie sabe
Ella viene y va

Adiós Rubí del Martes
¿Quién podría colgarte un nombre?
Cuando cambies con cada nuevo día
Yo aún te echaré de menos

Don't question why she needs to be so free
She'll tell you it's the only way to be
She just can't be chained
To a life where nothing's gained
And nothing's lost
At such a cost

Goodbye Ruby Tuesday
Who could hang a name on you
When you change with every new day
Still I'm gonna miss you

There's no time to lose I heard her say
Cash your dreams before they slip away
Dying all the time
Lose your dreams and you
Will lose your mind
Ain't life unkind

Goodbye Ruby Tuesday
Who could hang a name on you
When you change with every new day
Still I'm gonna miss you.

WE LOVE YOU

We don't care if you'd only love we
We don't care if you'd only love we
We love you
We love you
And we hope that you will love we too

No le preguntes porqué necesita ser libre
Ella te dirá que es la única manera de ser
No puede estar encadenada
A una vida en la que nada se gana
Y nada se pierde
A tal coste

Adiós Rubí del Martes
¿Quién podría colgarte un nombre?
Cuando cambies con cada nuevo día
Yo aún te echaré de menos

No hay tiempo que perder, le oigo decir
Aprovecha tus sueños antes de que se escapen
Muriendo todo el tiempo
Pierdes tus sueños
Y perderás la mente
¿no es cruel la vida?

Adiós Rubí del Martes
¿Quién podría colgarte un nombre?
Cuando cambies con cada nuevo día
Yo aún te echaré de menos.

TE AMAMOS

Nos da igual si sólo nos amas a nosotros
Nos da igual si sólo nos amas a nosotros
Nosotros te amamos
Nosotros te amamos
Y esperamos que tú también nos ames

We love they
We love they
And we want you love they too

We don't care if you hound we
And lock the doors around we
We've locked it in our minds
'cause we love you
We love you

You will never win we
Your uniforms don't fit we
You're dead and then we're in
'cause we love you
We love you
Of course we do

I love you
I love you
And I hope that you are grooving too
We love you
We do
We love you
We do.

JUMPIN' JACK FLASH

I was born in a crossfire hurricane
And I howled at my ma in the driving rain
But it's all right now
In fact it's a gas
But it's all right
I'm Jumpin' Jack Flash
It's a gas, gas, gas

Les amamos
Les amamos
Y queremos que tú también les ames

Nos da igual que nos acoséis
Y nos cerréis las puertas
La hemos cerrado en nuestras mentes
Porque os amamos
Os amamos

Nunca nos venceréis
Vuestros uniformes no nos sientan bien
Estáis muertos y tenemos el poder
Porque os amamos
Os amamos
Claro que sí

Te amo
Te amo
Y espero que tú también te enrolles
Te amamos
Claro que sí
Te amamos
Claro que sí.

JACK FLASH EL SALTARIN

Nací en el huracán de un tiroteo
Y berreé a mi mamá bajo una lluvia torrencial
Pero ahora todo está bien
De hecho es una locura
Pero todo está bien
Soy Jack Flash el Saltarín
Una locura, una locura, una locura

I was raised by a toothless bearded hag
I was schooled with a strap right across my back
But it's all right now
In fact it's a gas
But it's all right
I'm Jumpin' Jack Flash
It's a gas, gas, gas

I was drowned I was washed up and left for dead
I fell down to my feet and I saw they bled
I frowned at the crumbs of a crust of bread
I was crowned with a spike right thru my head
But it's all right now
In fact it's a gas
But it's all right
I'm Jumpin' Jack Flash
It's a gas, gas, gas

Jumpin' Jack Flash it's a gas
Jumpin' Jack Flash it's a gas
Jumpin' Jack Flash it's a gas
Jumpin' Jack Flash it's a gas
Jumpin' Jack Flash it's a gas.

Fui criado por una bruja barbuda y desdentada
Fui educado con una correa en la espalda
Pero ahora todo está bien
De hecho es una locura
Pero todo está bien
Soy Jack Flash el Saltarín
Una locura, una locura, una locura

Fui ahogado, aparecí en la orilla, y me dejaron por muerto
Caí a mis pies y vi que sangraban
Me cabreé por las migajas de un mendrugo de pan
Fui coronado con una alcayata de punta a punta de mi
cabeza
Pero ahora todo está bien
De hecho es una locura
Soy Jack Flash el Saltarín
Una locura, una locura, una locura

Jack Flash el Saltarín, una locura
Jack Flash el Saltarín, una locura
Jack Flash el Saltarín, una locura
Jack Flash el Saltarín, una locura
Jack Flash el Saltarín, una locura.

HONKY TONK WOMEN

I met a ginsoaked barroom queen in Memphis
She tried to take me upstairs for a ride
She had to heave me right across her shoulder
'cause I just can't seem to drink you off my mind

It's the honky tonk women
Gimme gimme gimme the honky tonk blues

I laid a divorcee in New York City
I had to put up some kind of fight
The lady then she covered me with roses
She blew my nose and then she blew my mind

It's the honky tonk women
Gimme gimme gimme the honky tonk blues

It's the honky tonk women
Gimme gimme gimme the honky tonk blues
It's the honky tonk women
Gimme gimme gimme the honky tonk blues.

MUJERES DE LOS ANTROS

Conocí a la reina de una taberna empapada de ginebra en
                                                    Memphis
Intentó llevarme escaleras arriba para que me la tirara
Tuvo que cargarme a sus espaldas
Y es que por más que beba no puedo olvidarte

Son las mujeres de los antros
Dame, dame, dame el blues de los antros (1)

Me acosté con una divorciada en New York City
Tuve que emplearme a fondo
La señora entonces me cubrió de rosas
Me sonó la nariz y luego me voló la cabeza

Son las mujeres de los antros
Dame, dame, dame el blues de los antros

Son las mujeres de los antros
Dame, dame, dame el blues de los antros
Son las mujeres de los antros
Dame, dame, dame el blues de los antros.

(1) "Honky" significa "bocinazo" y "Tonk" "pegar duro". El "Sonido Honky Tonk" es el típico de los pianos desafinados, propio de este tipo de antro, decadente y turbio, frecuentado ininterrumpidamente por señoras de mala fama, como la descrita en el primer verso de la canción. Sin embargo, no llega a ser el típico burdel exclusivo del catre. Lugar de gran interés turístico, diseminado a lo largo del sur de los Estados Unidos.

INDICE

SERIE CANCIONES

84-245-0626-X, 128 págs.

156 *Canciones I de Queen.* 4ª ed.

NOVEDAD

84-245-0749-5, 192 págs.

191 *Canciones II de Queen.* Incluye el álbum de Freddie Mercury en solitario y *Made in Heaven.*

NOVEDAD

84-245-0790-8, 160 págs.

204 *Canciones I de AC/DC.* Los clásicos australianos del rock duro en sus comienzos.

84-245-0745-2, 208 págs.

188 *Canciones de Metallica.* 2ª ed. Todos los discos hasta *Load* (1996)

NOVEDAD

84-245-0789-4, 176 págs.

203 *Canciones de Oasis.* Toda su música, incluso los sencillos no editados en España.

┌COLECCIÓN ESPIRAL   SERIE CANCIONES ┐

SERIE CANCIONES